U0931444

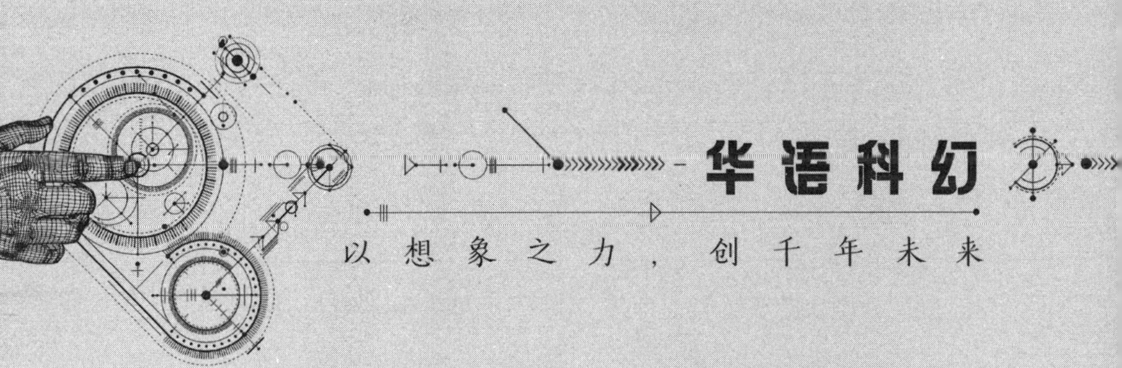
华语科幻
以想象之力，创千年未来

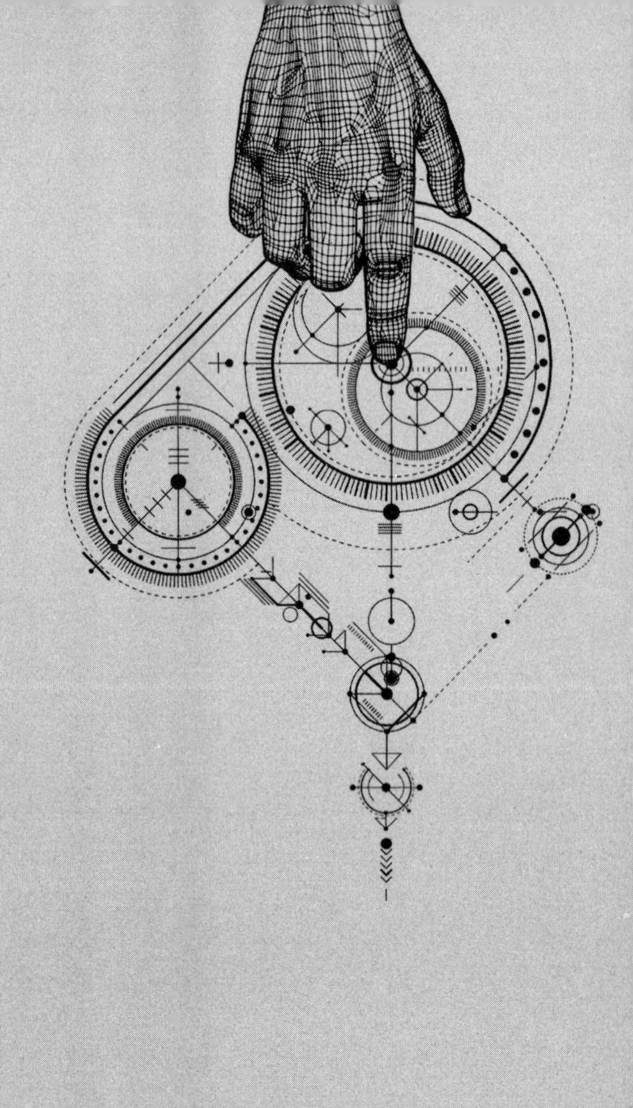

宝树科幻精品系列

时间之王

宝树 著

科学普及出版社
·北 京·

图书在版编目（CIP）数据

宝树科幻精品系列．时间之王 / 宝树著．-- 北京：科学普及出版社，2025. 1. -- ISBN 978-7-110-10828-4

Ⅰ．I247.7

中国国家版本馆 CIP 数据核字第 2024AL1602 号

策划编辑 王卫英
责任编辑 王卫英
封面设计 书香文雅
正文设计 书香文雅
责任校对 邓雪梅 张晓莉
责任印制 徐 飞

出　　版 科学普及出版社
发　　行 中国科学技术出版社有限公司
地　　址 北京市海淀区中关村南大街 16 号
邮　　编 100081
发行电话 010-62173865
传　　真 010-62173081
网　　址 http://www.cspbooks.com.cn

开　　本 720mm × 1000mm 1/16
字　　数 690 千字
印　　张 58
版　　次 2025 年 1 月第 1 版
印　　次 2025 年 1 月第 1 次印刷
印　　刷 天津泰宇印务有限公司
书　　号 ISBN 978-7-110-10828-4 / I · 746
定　　价 180.00 元（全 6 册）

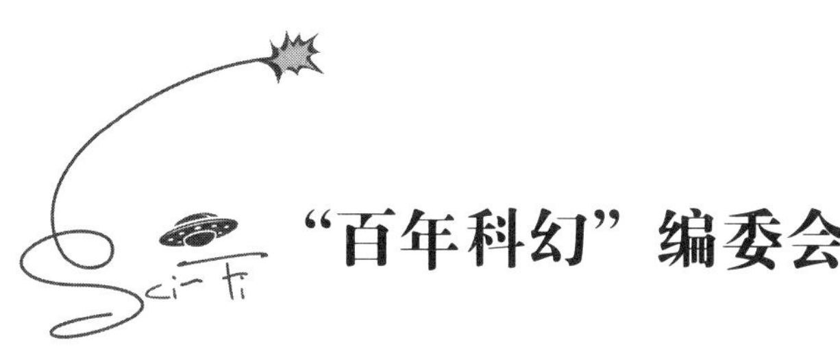

“百年科幻”编委会

总 序

科幻引领未来

“百年科幻”是由中国科普作家协会科幻创作研究基地主编的大型科幻系列图书项目。项目工程浩大，计划将过去、现在以及未来的国内外优秀科幻作品都囊括进来，打造成一个可持续的出版系列。

科幻是科学与文学融合的产物，它不仅能激发人们的想象力，更能给人们以深刻的科学启示，唤起人们对科学的兴趣，培养人们的科学精神。自1818年英国作家玛丽·雪莱创作《弗兰肯斯坦》起，世界科幻已走过200多年的发展历程。中国科幻作为世界科幻板块中的重要组成部分，渐渐发展成一支越来越活跃的生力军。从1904年荒江钓叟的《月球殖民地小说》发表至今，中国科幻已有120年的历史，这100多年的发展并不是连续的线性发展，而是呈现出点状分布，时断时续，直到20世纪90年代，才呈现出持续发展的状态。在本土化进程中，中国科幻从学习西方科幻到输出本土科幻，已经走向成熟。以王晋康、刘慈欣、韩松为代表的科幻作家的创作，早已跻身于世界科幻领域的顶级作品之列。

科幻的发展从根本上说与国家科技发展密切相连。现在科幻越来越受到中国读者的喜爱，越来越获得国家的重视，这些都为科幻创作提供了良好的社会环境。中国科幻每年的创作数量也在明显增加，这也是非常可喜的局面。

故此，我们计划在此前出版的《百年中国科幻小说精品赏析》的基础上，推出“百年科幻”系列。在编选出版的定位和特色上，“百年科幻 ”系列既与前者有密切关联，又有其鲜明的独特风貌。主要体现在以下几点：

一、突出史诗性。以世界百年科幻历史长河为线索梳理和编选作家作品，以不同历史时期产生重要影响力的作家作品为对象，遴选经典和优秀之作。

二、强调专题性。对各个时期科幻作家的代表性作品进行专题编辑，彰显其创作特色和文学风格，向广大读者呈现科幻作品独特的文化魅力。

三、立足中国当下，关照未来。在梳理和编选科幻经典的同时，我们的侧重点是立足中国当下，关照未来。希望能够汇聚当下科幻作家的优秀之作，挖掘出更多青年新锐作家的优秀作品，丰富和壮大科幻创作的规模，使科幻创作宛如大河流淌，使科幻历史的长河因强大的新生力量而变得更加波澜壮阔。

借由“百年科幻”系列图书的持续出版，希望能够提振和鼓舞科幻作家的创作信心，为广大读者提供优质的科幻读本，为科幻爱好者及理论研究者提供可资参考的文学样本。希望“百年科幻”系列在促进中国科幻事业的繁荣与发展方面贡献力量。

以上是打造“百年科幻”系列的目标和愿望。

王卫英

目
录
Catalogue

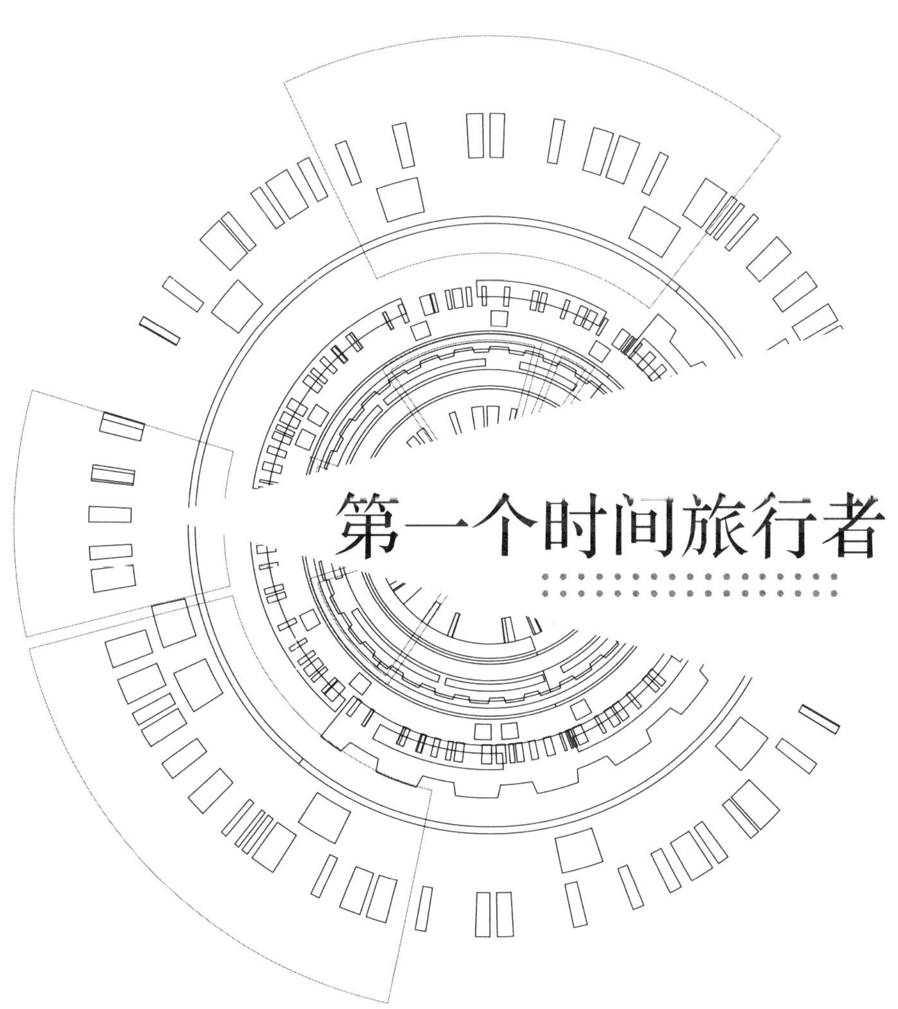

第一个时间旅行者

“……预备阶段完成，一分钟后进入时空融合。”伴随着柔美的合成语音，一盏红灯亮了起来。他的心开始狂跳不已，他知道，这意味着时间机进入不可逆转的临界状态。从这一刻起，整个过程不可能停下了。

“六十、五十九、五十八……”倒计时开始了。

要开始了！真的要开始了！他浑身止不住地颤抖起来。长期准备之后，他本以为自己可以平静地面对这一刻，但是他错了。

这是他亲自参与研究、开发的时间机器，十多年的青春岁月奉献给了这旷世绝伦的事业，终于，第一台试验机研发出来了，而他也主动请缨，经过严格遴选后，成为第一个人类试验者。

他将是人类历史上第一个时间旅行者，注定将因此被载入史册。

“四十五、四十四……”

此刻，他像航天员一样穿戴着笨重的衣服，站在一个三米见方的乳白色房间中间，周围除了几盏内嵌在墙壁上的指示灯，看不到任何仪器。因为这个“房间”本身在一部巨大机器的内部，是机器的发射舱。而整部机器高达四十多米，像核反应堆一样庞大。这就是千百名专家和技术骨干奋战十多年的成果：时间回溯机。

他感到自己越来越紧张，忽然一阵强烈的后悔，有一股逃出这里、回到外面世界的冲动。但他知道，这是不可能的。目前这个房间已经完全封闭了，就是用原子弹炸也炸不开。因为很快将会有相当于几百万吨 TNT 的能量注入进来。

时间回溯机的基本原理，是通过巨大的能量进行时空扭曲，将这个“房间”内部的时空抛回过去，不同时空域进行融合，在这一过程中，过去时空域的物质会被来自未来的形态所取代，从而在不违反物质守恒定律的情况下，实现时间旅行。

“三十一、三十……”

他觉得自己像是一只小白鼠。在他之前，当然已经用老鼠、兔子和猴子做过实验，实验后它们都消失了，再也没有出现过。既然他们以前从未观察到有老鼠或兔子神秘冒出来或消失，那么它们应该是回到过去，创造了另一条时空线。但科学家在这个时空中是观察不到的。

当然，也可能是出了什么差错，从此灰飞烟灭，或者掉进时空缝隙里去了。

无论如何，他马上就会搞明白的。

“十五、十四……”

从理论上来说，机器能够抛回的时空坐标和输入的能量正相关，能量越大，则抛回的时间越久远。但这台试验机不可能输入太多能量，最多只能返回到几个月之前，也许只是几天之前。他还是他自己，生活不会有太大的改变。

但这已经够了，虽然这个时空的人们无法知道试验是否成功，但当他回到过去后，会在另一条时空支线上告诉其他人。一旦时空融合完成，过去的他会立刻消失，被来自未来的他所取代，但为了证明自己的身份，他随身携带了一部微型电脑，里面存储了许多进入时空机前刚刚得到的信息。如几分钟前检测到的宇宙伽马射线数据、国际股市的最新走向、若干刚结束的体育比赛的结果等，这些一般来说是不会随着他的穿梭而改变的，足以向过去的人们证实他确实来自未来。

“十、九、八……”

红灯进入闪烁状态，标志着时空融合马上就要开始。他只觉得浑身冒汗，他从来没有觉得时间的流逝如此之慢，又如此之快。

当然，上面的推测也可能都是错的，理论毕竟是理论。也许他睁开眼睛，会发现自己在唐朝的宫廷里、三国的战场上，甚至出现在一条霸王龙面前，谁知道呢？什么都可能发生。他已经穿上类似航天服的防身服，戴上了氧气面罩，还背着必要的武器、药品和压缩食品等，以期最大限度地增加自己在异时空存活的概率。

在他内心深处，甚至有一点希望发生这样的意外，被传送到某个远古的神秘时代去，经历各种各样的冒险，过一种全新的生活……就像那些小说里写的那样。他想起了小时候读《寻秦记》时的向往……

“七、六、五……”

如果机器出了故障怎么办？他还是忍不住担心。但他知道，时空融合时将有相当于上百颗广岛原子弹爆炸的能量在瞬间注入到这个舱室中。万一真的失败了，他也会在一刹那化为乌有，死得一点儿痛苦也没有。

当然，一般来说是不会发生这种事情的。几种动物实验都成功了，在进行人体实验前，兹事体大，工作人员更是细致入微地检查了每一个环节，保证万无一失。没有理由在这个时候出差错。

当然，据推断，在时空穿越的瞬间，由于人生理结构的脆弱，即使在正常情况下也免不了会有电击一样的强烈疼痛，但只是一瞬间，很快就会过去。不用太担心。

“四、三、二……”

就要开始了！他有一种眩晕感，他觉得自己像是上太空前的加加林，他想象同事们和朋友们都在看着他，祝福他，他微笑着向他们挥手……但这是错觉，为了保证时空融合条件的纯粹不受干扰，他一进入这里就和外界绝对隔离了，他们不知道房间里发生了什么，他也无法知道他们在干什么。

但不要紧，也许他很快就能再见到他们——几天、几个月或几年以前的他们。他会告诉他们，他是从未来穿梭回来的。想到他们惊愕而艳羡的眼神，他们簇拥着他，欢呼着……他甚至有些迫不及待了。

他终于放下了一切心理压力，充满自信地面对即将到来的神秘命运。

“一，启动！”

红灯熄灭了，绿灯亮起，一片柔和的绿光带着撕心裂肺的痛苦将他淹没——

然后，当绿光消失，疼痛消退——

“……预备阶段完成，一分钟后进入时空融合。”伴随着柔美的合成语音，一盏红灯亮了起来。

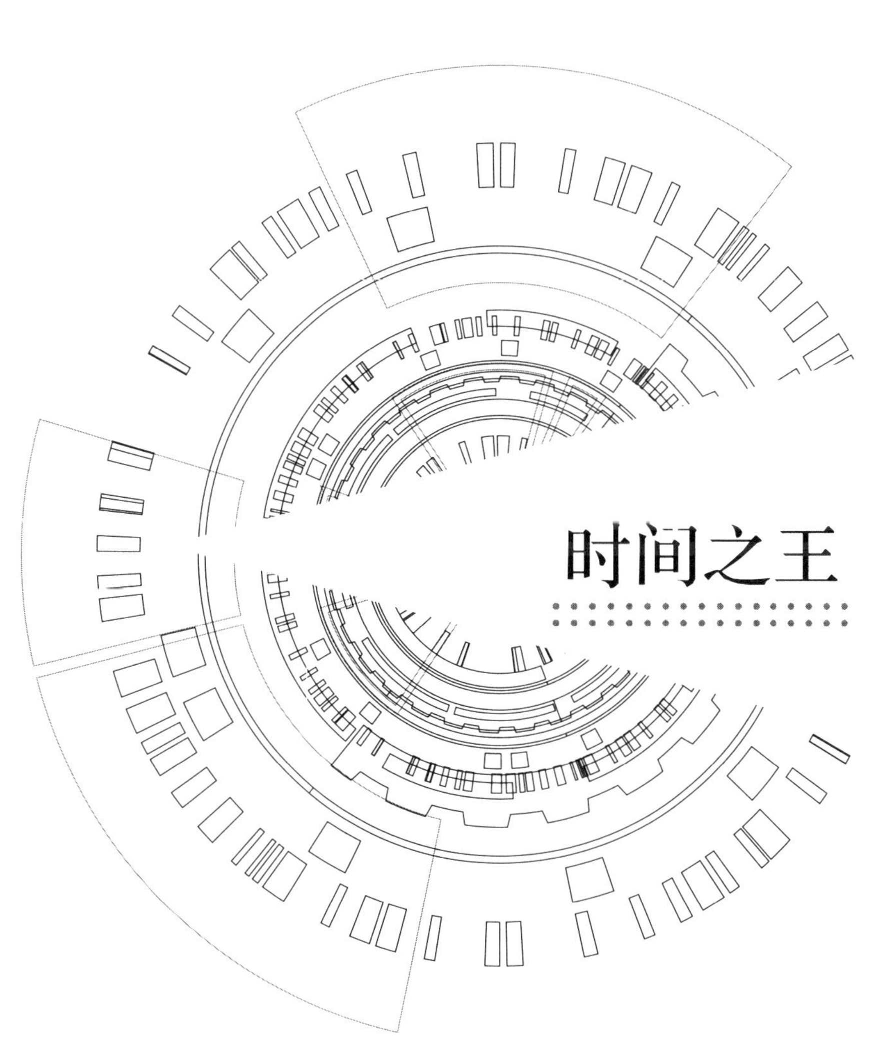

时间之王

一

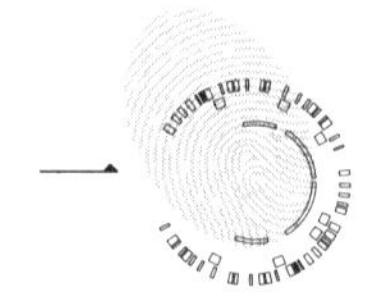

我在十六岁的春天醒来，太阳在窗外的枝叶间闪耀，斑斓的阳光落在我的脸上；跳下床，推开房门，我在十一年后的塞纳河畔度过了上午的时光，巴黎梧桐的落叶在秋风中纷飞；下午，我重返二十一岁的大学体育场，在篮球场上洗雪曾被外系大败的耻辱；一个漂亮的扣篮之后，我跳回到十岁时的海西医院，和琪琪一边吃病号饭，一边看六点半开演的动画片。

当然，这只是其中一种时间顺序，除此之外还有无穷无尽的其他时间顺序。我可以从一个夜晚到另一个夜晚无尽地徜徉，徜徉到仿佛根本不会再有白昼；我可以飞快地越过一个又一个或喜或悲的生日，看着自己从一个幼童迅速变成脸上皱纹初现的成年人，又或者倒过来，从成年人退回到一个孩子的年纪；我也可以站在海西医院的天台上，让傍晚的太阳一直停留在地平线上，只要我愿意，它就不会再落下。

我可以凭借记忆的引领，在我自己一生的一切时间中自由穿行。

我是时间之王。

十岁的时候，琪琪曾对我说："文文，我想活下去，我想长大，可是我……我没有时间了。"

我曾千百次回到那个时刻，千百次望着她的眼神，听着她的声音。那时候，她什么都不懂，我也什么都不懂，但是我们又好像懂得一切，一切的一切。

那时候，我什么也说不出来，只有泪水无声地滴落。但现在，我可以对她说："你会好好地活下去、长大成人的。你会有美丽的一生，我知道。"

二

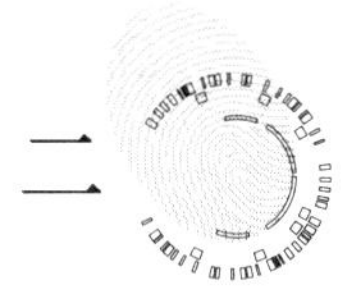

在成为时间之王前，我是一个植物人。

你或许以为植物人就是全然不省人事，你错了，我不知道其他的植物人是怎样的，但我能隐约感到自己躺在某个地方，身边不时有人经过，摆弄我的身体，甚至和我说话，我听不清他们在说什么，也不知道自己究竟怎么了，但千真万确，我知道自己还活着，只是奄奄一息，身上插了很多根管子。

在半睡半醒中不知过了多久，我才慢慢有一些零星的记忆浮现，渐渐想起来在我身上究竟发生了什么：一次简单的意外，彻底毁灭了我的人生。

那件事的前因后果在我脑海中萦绕，变得越来越清晰完整：那天早上，写字楼的电梯坏了，我不得不去爬楼梯，到位于十九楼的公司上班。差一点儿就爬到的时候，一个冒失汉子却推开安全门冲了下来，累得半死的我来不及躲开，竟被他撞了个满怀，我还没明白是怎么回事，就仰天飞起，片刻后，后脑勺重重磕在了下面的台阶上，在昏迷前，我甚至听到了自己头骨碎裂的声音。

似睡似醒的梦魇中，我没有别的念头，只是一遍遍回忆着事故发生的那一刻，直到整个过程清晰得不能再清晰：灯坏了的楼梯间里，墙面脱落，台阶阴森，扶手上都是灰尘，我大汗淋漓，气喘吁吁地爬着楼，正当我还差两级台阶就爬上十九楼的时候，一个高大的身影推开门，向下疾跑——

我本能地避开，身子还是被那人撞得靠在墙边上，他嘟囔了一声“sorry”之类，就下去了，只留下我呆呆地站在那里，心中被惊愕所塞满。

我听到自己的呼吸声，我感到自己的心跳。我抬起自己的手，又抬起自己的脚，毫发无损。很明显，我并没有被撞飞，而是好端端地站在那里。

这不是回忆。

不再是了。

我在脑子的一片混乱中一步步走上楼，拐过走廊，看到了熟悉的人影在熟悉的办公室内外出出进进，我呆呆地站在门口，直到一个同事拍拍我的肩膀："小许，你怎么了？"

"我……王哥，今天是……"我回忆起来，"是 2014 年 10 月 11 日？"

"废话！"他轻轻打了我一拳，"待会儿姚总等人要来签合同，你不会忘了吧？"

我点点头，明白过来，之前那种迷离恍惚之感一定是我爬楼太累而产生了幻觉。其实什么事也没发生过。

我在办公室里度过了一个忙碌的上午，最后几乎把那种怪异的感觉忘了个干净。但我中午正要起身吃饭时，又想起那个冒失鬼撞向我的样子，多危险啊，我想，如果被他撞上了，我说不定真的会从楼梯上摔下去，也许要住院很长时间。就像十岁时那样。

我一时沉入了二十年前的记忆，周围仿佛暗了下来，光线昏沉的病房里，四五个吊瓶挂在我头顶的铁架上，刺鼻的药水味在周围弥漫，远处传来不知哪个老人的呻吟声。父母去办住院手续了，我一个人躺在床上，一边打吊针，一边默默哭泣。我知道自己得了重病，不能再上学，不能见到要好的同学们，也许还会死，我哭啊哭，一把鼻涕一把眼泪。

泪眼蒙眬中，我看到一个穿着病号服、戴着白色绒帽的小女孩从门口经过，她手里抱着一只熊猫布偶，在我的门前停下脚步，向里望来，夕阳斜照，在她身上披上金辉。

我终于感到了不对，环顾四周，堆积如山的文件和周围同事的身影都不见了，我不在其他任何地方，就在这间黄昏的病房里，在小女孩面前。

回忆再度变成了现实。

我知道这是什么时候：1994 年 10 月，我第一次见到琪琪的日子。

三

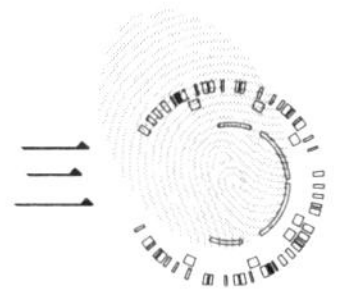

1994 年对我是一个不祥的年份，十岁的我刚上小学四年级。开学不久，上体育课时，我在跑步时突然晕了过去，被紧急送往医院，发现是急性溶血性贫血，住院住了好几个月，又休学一年。那是我一生的梦魇，但琪琪却是我这段时光中唯一的光亮。

琪琪是急性白血病，当时也是十岁，住院已经有一个多月了，但她那时身体还好，经常在走廊上玩儿，病人们都很喜欢她。当时在海西医院的血液科病房里，只有我和她两个年龄相仿的孩子，很快我们就玩到了一起去。那种在生死边缘缔结的情谊，不是一般的朋友可以比的。我们只相处了三四个月，但我后来常常想起她，胜过许多认识了一辈子的亲戚。

女孩打量着我："你是新来的吗？是你在哭吗？"

"你是……"我呻吟般地说，"……琪琪？"

"你怎么知道我的名字？"琪琪说，又笑了，"是护士阿姨告诉你的吧？"

她走进房间，把熊猫放在我手上："别哭了，这是盼盼，你要不要和它玩儿？"

“真的是你？”我脑子里一团混乱，语无伦次，“你还活着？不，我回来了？现在是 1994 年……我……”

琪琪站在那里看着我，目光好奇而友善。真的是她，我想，在 1994 年，这时候她还好端端地活着，虽然因为生病而掉头发，但还能和我玩耍嬉戏，而在半年后，她就会——

另一段新的记忆在脑海闪现，那是我得知琪琪去世的那一天。那段记忆仿佛是一个被打开的电脑视窗，它占据了整个画面，周围的一切再度改变，我发现自己站在早已拆迁的老房子的客厅里，眼前的妈妈刚刚放下电话的听筒。

她转向我，吞吞吐吐地说：“那个……文文，你听妈妈说……”

我说不出话，眼前的妈妈看上去年轻了很多，我早已记不清她年轻时的样子了。但此刻年轻的妈妈却活生生地站在我面前。

妈妈并没有觉察到我的异样，她叹息着：“徐医生说……殷琪——琪琪已经去世了，就在前天……文文，你怎么了？”

我不住后退，毫无疑问，这是在 1995 年 3 月。那天我想移植自己的骨髓给琪琪，我想也许能救她，于是缠着妈妈，她不得已给医院打了个电话，结果却得知琪琪已经过世。

世界在我面前崩溃，我大喊一声，踉踉跄跄地跑出了房门，不顾身后妈妈的叫喊。千万片破碎的回忆在我脑海中盘旋飞舞，变成了一个大漩涡，将我吞没。下一步，我跑进了 2004 年北京的春日，跑进了 2011 年巴黎的深秋，跑进了 1998 年冬天的雪仗，或者回到 2005 年夏天的旅行……

我生命中每一个能够记起的时刻，都复活了。

从那时起，只要我能够记起某个时刻，我就能返回到那一年，那一天，那一秒，让它重新变成现在。

我可以主宰时间。

四

这不是一个普通的穿越故事，虽然最初我以为是。

我能够召唤自己记得的任何一个时刻，让它在当下变成现实，我能够改变已经发生过的历史，但这一切无法永远延续下去。

在发现和确认了自己的异能之后，我踌躇满志地回到了2000年的中考，那天，数学最后一道大题上犯下的低级错误，把我从触手可及的市重点高中打发到了不尽如人意的区高中，也改变了我接下来十多年的命运。我要从这一天重新来过，改写自己的人生，我答了一份完美的试题，潇洒地走出考场，畅想着未来。但我忽然想到死去已经有五年的琪琪，如果她还活着，她也会长大成人，和我一起参加中考、高考、出国……

记忆重新淹没了我，下一秒钟，稀稀拉拉的鞭炮声在远处响起，药水味在我身周弥漫，我站在了一间病房里。

我手里拿着一本《七龙珠》的漫画。琪琪躺在我面前，手上打着吊针，她刚刚从无菌病房出来，嘴唇发白，看上去非常虚弱。琪琪的母亲还在外面跟医生说话。

傻傻的我好像在说着关于漫画的什么事情，但琪琪轻轻推开那本漫画，说："文文，我要死了。"

我记得，这是我们第一次谈到死。琪琪平时好像同龄小女孩一样无忧无虑，但她对自己命运其实非常敏感，只是从来不说。

但今天，她对我吐露了内心的秘密："大人不跟我说，可是……我知道。我想活下去，我想长大，可是我没有时间……你说，人死了以后会去哪里？"

“我……我不知道。”

琪琪虚弱地笑了一下：“我很快就会知道了。”

巨大的悲怆几乎将我击倒，我不敢看她，目光望向窗外，夜色中升起的焰火旋起旋灭，更远处是一片黑暗，如同世界创生之前的混沌。现在是 1994 年 12 月 31 日，新年前夜，我们两个小病号在医院里度过了新年。五六年后的中考此时还遥遥无期。我重塑人生的努力，因此也毫无意义。

“你会长大的，变成大人，当一个科学家，或者宇航员……真好……”

“我……长大后什么也不是。”我告诉她，二十年后，我只是一个为生活奔波的底层白领，一事无成。

琪琪不知道我在说什么，我抹了抹眼睛，走出病房，走进了十年后的大学图书馆。走过一群靓丽的女大学生，我坐在图书馆深处的角落里，陷入了沉思。

这里的游戏规则是这样的：我无法停留在生命中任何一个时候太长时间，最多只可以有一天或半天。每一次记忆袭来，都会将我送往另一个时空。之前所做的一切，便会统统归零。

多次练习后，我学会了在一段时间内不被回忆捕获，但也仅仅是一天或半天。无论多么苦苦支撑，记忆总会重新将你抓住，特别是在半梦半醒时，它会悄悄溜上心头，将你抓住和带走，带向另一年、另一天。

我渐渐接受了这个事实。反正无论我怎么改变，琪琪也不会活过 1995 年的春天。但如今，我永远可以回去看她，可以重温那些哀婉而又美好的日子。

五

在无数次重返过去的旅行中，我做过许多事。不仅是重温自己的生活，我还进行了以前没有机会进行的旅行，认识了许多没有机会结识的人物，甚至还查出了许多疑案的真相……

但我什么也改变不了，无论我做什么，在下一次穿梭后又会消失，我也无法到达 2014 年 10 月 11 日之后的时空，告诉人们一切。我想或许我已经死了。也许神给每个人的恩赐，就是让他们在死后，可以在自己曾拥有的时光里继续活下去，去发现那些昔日没来得及发现的美好，也去尝试弥补那些自己曾经犯下的错误。

但有一天，我有了一个惊人发现。

我回到了 2001 年 5 月的一个傍晚，像在以往的记忆中一样，我推着自行车，背着书包，经过初中校门外的小巷口，我听到一个女孩的惊叫，向巷子里看去，看到两个赤膊的流氓围着一个女生，正在索要钱财。

我走进巷子里，一个满脸疙瘩的流氓转过身，不耐烦地呵斥：“看什么看啊，滚一边去！”

在第一次人生中，我没有勇气上前，而是畏缩地躲开了。马上就要中考了，我不想惹上麻烦。我知道这些小流氓会要一点儿钱，最多吃点儿豆腐，但不会干太出格的事，我这么安慰自己。但我在心底，一直悔恨自己的懦弱。也因为这件事，我在复习时心神不宁，考试也考砸了。

如今我无所畏惧，大步走进巷里，两个流氓威胁地抡起啤酒瓶，但我抄起一根路边放的扫把，挥舞着冲过去。女孩又尖叫了起来，巷口也仿佛有人经过，两个家伙对视了一眼，抛下一句：“你有种，给老子等着！”狠狠瞪了我一眼，从后面走了。

我本来已经做好了被打伤七八次，最后再打倒这两个家伙的准备。但没有想到这么容易就成了。我不禁想，如果当年自己肯奋勇向前，就不会有后来的懊悔。

“你没事吧？”我对女孩说。她穿着我们学校的蓝色校服，应该是我的同学，但她一直低着头，我看不清她的模样。

女孩摇了摇头，低声说：“没事。”

“以后小心点儿。”我说，忽然间意兴阑珊，我不知道这么做有什么意义，只要离开这个时空，这一切就会被抹去。

我转身走开，女孩却从背后叫住了我：“哎，我还没谢谢你呢。”

“没关系，我早想教训他们了。”

“同学，你叫什么？”女孩追上来问。

“我？告诉你也没用。”我苦笑了一下，“我叫许……卢文。”爸妈两年前离婚，我跟着妈妈姓，户口本上名字也从卢文改成了许文，但我毕竟习惯了原来的名字，此时就随口说了。

“卢……文……”女孩的声音有点变了，“你是……卢文？”

预感到什么似的，我停下了脚步，诧异地和她四目相对，果然看到了一张已经长大、但似曾相识的面容，我听到她说：“我是殷琪啊。”

六

琪琪还活着，一直活着。

我脑子一乱，记忆扑面而来，不由又回到1995年的那一天，在妈妈跟我宣布琪琪的死讯的时候，我在她眼眸中看到了一丝慌乱。

“你骗我，琪琪没有死！”

“文文，你要相信妈妈……”妈妈还试图解释。但我只恨为什么没有早看穿这个骗局。妈妈显然根本不想让我去捐献什么骨髓，所以假装打电话，其实扯了个谎。

妈妈坐倒在沙发上，喃喃说着些“我还不是为了你”之类的话。我忽然无比恨她。因为她的谎言，我和琪琪近在咫尺，却再也没有相见。

然而我更恨我自己，如果当年我不是怯懦地躲开了，在2001年就能够和琪琪重逢，以后的人生或许会完全不同。

我转身跃回到2001年，再次在小巷里打退那两个流氓，再度和琪琪相见。她告诉我，五年前，她的一个表姐和她配型成功，最终让她痊愈，重返学校。但她休学了两年，所以比我低了一级。她也曾寻找过我，但我进中学以后就改了名，别人只知道许文，当然不知道卢文是谁。

我们都很激动，有讲不完的话。可惜琪琪得先回家，我们约好了，晚上再找机会见面。

那天晚上，琪琪又溜了出来，我在楼下等她。我们大着胆子去海边公园散步，时不时含羞带怯地对望一眼，傻傻地一笑。我们说起了以前的许多事，说到最后，我们的眼眶都红了。

“我一直记得你的那句话。”我说，“你说，你想活下去，想要长大，可我还一直以为……”

“以为我死了啊？”琪琪白了我一眼，“不，虽然还有复发的可能，但我会努力活下去的。去年我看《泰坦尼克号》的时候就想，我一定要像Rose一样，活到长满了白头发，身边围绕着一群孙子孙女呢。”她站在桥头，伸展着手臂，做出《泰坦尼克号》里的经典动作。

“Rose没有死，”我说，“Jack也没有死，Rose和Jack都活得好好的。”

这是一个大胆的比喻，但琪琪没有提出异议。仿佛从在医院相遇的那一刻起，我们就无法再分离。

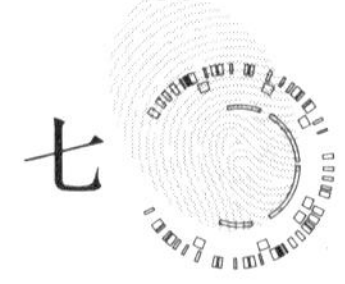

七

那天晚上我送琪琪回家，却没有了第二天。我无法一直待在同一个时空，无论我多么渴望。当我醒来时，发现躺在2008年的床上，那天，跟我同居了两年的女友不告而别，还取走了我所有的存款。2001年的重逢自然不复存在。

但现在，我有了一个新的目标，在接下去的十多年中，寻找琪琪的人生轨迹。

或许是曾经死里逃生的缘故，琪琪学习非常努力，她的成绩比我优秀，考上了我没有考上的市重点，在高中阶段，我们不在一个学校里。大学时，她和我都在上海，但也在不同的学校。不过有一次老乡会，我们见过一面，彼此通报过姓名，但人声嘈杂，我根本没听清楚她的名字，而对她来说，我只是普通的老乡“许文”。那时候已经是2005年，十年不见，谁也认不出对方了。我们说过几句话，但没机会再和她见面。

琪琪后来谈过一次很长的恋爱，但以男友的出轨而告终（后来我暴打过那家伙好几次）。2010年，她去了法国留学。第二年，我也在巴黎培训了4个月。我们曾在巴黎的街头擦肩而过，但却彼此都懵懂不知。

我们曾彼此错过那么多次，那么多次。

如今，我在不同的时空与她重逢：海西中学门口的小吃街、上海的地铁上、巴黎塞纳河的桥头。我看着她出院，和她一起迎接过千禧年的到来，还一起观看过北京奥运会的开幕式。每一次我们都激动万分，说起这些年的悲喜往事，当然，她不会知道前一次的邂逅，永远不会。

但我还有什么不满呢？这是本来不可能发生过的故事，而命运待我如此宽厚，让无法撼动的过去一次次暂时为我融化，我可以一次次地走向她，看到她惊奇或喜悦的眸子中自己的影子。

但我仍然渴盼更多。我见过琪琪千百次，从十岁到三十岁，不同时期的她：羊角辫的小姑娘、麻花辫的少女、齐耳短发的女大学生、长发披肩的女郎……我见过她一次次的欣慰或伤心、快乐或忧郁。但一切已经凝固在时光深处，不会再有新的开始、新的未来。

我问自己，我是时间之王，还是时间的囚徒？被追回的时间是任我自由翱翔的天空，还是禁锢我的牢笼？

时光悠长无际，岁月无可计数。我在时间中做王，永无止境。

直到有一天，我到了一个之前从未想起过的日期，事情才有新的变化。

那是 2011 年 11 月，我从巴黎回国前几天。那天我本来想去著名的拉雪兹公墓一游，但因为下雨而打消了念头。

但这次，我决定弥补这个遗憾。从腓力·奥古斯特站出了地铁，在细雨中走进墓冢林立的拉雪兹公墓，穿行在一座座坟茔之间，周围都是年深日久的青铜雕像和十字架。这里埋葬着许多声名显赫的文化名人，如巴尔扎克、肖邦、王尔德……他们的生命曾熊熊燃烧，如今在死亡中仍然发出光亮。

我在一座不太起眼的黑色大理石墓前停下脚步，看到平放的墓碑上刻着一行有些暗淡的法文字句“À la recherche du temps perdu”，中文意思是“寻回失去的时光”。我看了一下侧面刻着的墓主的名字，不出所料——马塞尔·普鲁斯特。

我其实没有读过他的书，但忽然间，因为这个标题，我被无法抑制的悲怆所压倒，痛哭出声。我找回了失去的时光吗？似乎有，但其实根本没有。时光凝固在那里，我可以随意翻阅，但是仍然没有希望，没有未来，没有——爱。

我坐倒在墓前，泪水混进雨水，落去无踪。过了许久，身后传来轻微的脚步声，周围的雨还在不住地落下，我头顶上却没有了雨。

我抬头，看到头顶有一把红伞。“Voulez-vous un coup de main?”一个略带外国口音的女子声音说，问我是否需要帮助。

我回过头，看到了琪琪的面容，她竟也在这里。她友善地看着我，正如第一次相遇时那样，但对她来说，我是一个彻头彻尾的陌生人。

“你是殷琪。”我喃喃说。

她的眼睛惊奇地放大了。

“我是卢文，”我说，又加了一句，“……也是时间之王。”

八

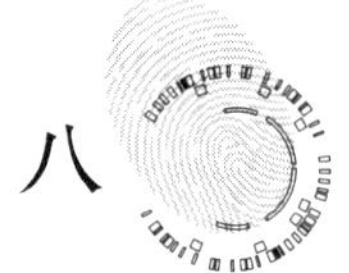

我告诉了琪琪一切，在无数次穿梭中，这还是第一次。

“你肯定不会相信，对吧？”我自嘲地说，“每一个我到过的世界，每一个我见过的你，在我离开之后就会烟消云散，你会回到正常的生活之中，忘记了发生过的——不，不曾发生的一切。”

“我相信你，”琪琪却说，“刚才听你说了过去十多年我的事，你知道得比我自己还清楚，这不可能是假的。”

“你真的相信我？”

琪琪点点头：“我相信。但是卢文，你想要什么？”

“我厌倦了永远活在过去，又什么也不能改变。我想重新开始。但我没法做到。”

“不一定。”琪琪说。

现在是我疑惑地看着她：“那……该怎么做？”

“我不知道。但这一切的背后有一个原因，你可以在自己的人生经历中不断穿梭，总是因为某个原因。找到那个原因，你就能找到答案。”

“我早就想过这个问题，但根本没法找到原因。”我告诉她，无论我怎么在记忆中穿行，我最多只能到达 2014 年 10 月 11 日，在事故发生前的一刹那，原因和这次事故一定有关系。但是有什么关系？我没法知道。

但琪琪摇了摇头：“也许不是这样，可能你当局者迷，但我觉得，还有一个更早的记忆，你一直没有唤醒过。”

“你说的是我幼年的时候？那时候的记忆太模糊，我也没法回去。”

“不是那个，我是说，在第一次回到事故现场之前，你在哪里，还记得吗？”

我 下了呆住了。虽然几乎谈不上具体的记忆，但那种梦魇般的状态我仍然有感觉，我不想回到那个状态，但那似乎是解开整个谜团的钥匙。

然而那也有很大的风险，那时候我几乎没有意识，如果回到了那个状态，我也许会丧失神智，还有可能继续穿梭吗？

琪琪看出了我的担心：“也许跳跃到那个时候太危险了，算了。其实卢文，我不介意一次次遇到你，虽然我什么都不记得，但我感到，那也是我自己的经历。”

我还在脑海中寻找着沉睡的记忆，那种朦朦胧胧的感觉。它的确没有远离我，似乎在一切世界的下面，在我意识的深处，它一直在那里存在着，等待着我的归来。

我想要回去，但又不敢。那或许意味着，我再也无法回到此时此刻，和眼前的人在一起了……

“你怎么了？”琪琪看到我的异样，上前摸了摸我的额头。蓦然间，我的热情全然迸发，我抱住了她，笨拙地寻找她的嘴唇，但却被她推开。

“对不起……”我手足无措。

“你身上都湿透了，”她似乎并没有生气，“我租的房子在附近，去我家里烤一会儿火吧。”

九

在琪琪的壁炉边，我告诉了她许多事情，在迷离的时空中，我曾经挽回过父母的婚姻，发现过悬案的真相，甚至预言了2008年的地震，拯救了千万人的性命……但一切努力又都化为乌有，归于虚无。

泪水从我脸颊滑落，琪琪走到我身边，为我擦去泪水。我抱紧了她，仿佛一松手她就会离去。

直到深夜我仍然不敢入睡，生怕被记忆再一次带走。琪琪在我身边睡着了，睡得像个孩子。我看着她，忽然想起多年前的一个冬夜，我们一起在电视房里看夜里播的《倚天屠龙记》，但前面的广告太多，琪琪忍不住睡着了，头枕在我的肩膀上……

《刀剑如梦》的片头曲传入耳中，琪琪蒙眬中睁开了眼睛：“开始了没有……”

“嗯，刚开始。”我告诉她。

十岁的琪琪坐了起来，全神贯注地望着电视机。十七年后的相逢从未发生过。我站起身，走向窗边，下定了决心。

我回想着那种微妙之感，让自己沉入自己的内部，任整个世界在身边土崩瓦解，化为混沌。半睡半醒中，情形似乎又倒转过来，我好像在从深深的海底浮上水面。光影朦胧中，越来越响的仪表滴答和人语声传入我的耳朵。

我醒来了。

十

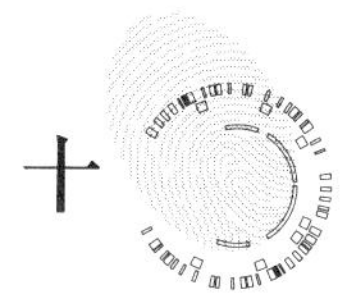

他们说，事故后我睡了整整七年。

从第二年开始，医院给我用了一种还在实验中的电场治疗仪，通过生物电流刺激记忆中枢的神经元，希望让我恢复意识，不料却产生了不可思议的效果。

他们说，人的大脑中有无尽的储存空间，每个人的脑海中都有心理学家所谓的绝对记忆，它保存着他当时所看到、听到和感到的一切，但常人只能提取出一个朦胧的印象。这是为了保护人对现实的感知不被过多的记忆所干扰。但这种仪器却可以激活一切记忆，让它们完全呈现出来，就像回到了彼时彼地一样。

可以乱真的记忆欺骗了我的意识，让我误以为自己回到了过去。当我试图和记忆场景互动时，就产生了一种远比一般的梦更清晰的梦境。我不断激活不同的记忆，便产生一个个梦境，但每个都无法长期维持。因为我沉溺于记忆所营造的幻梦中，拒绝接受现实的感官信号，医生也就无法将我唤醒。并且我的脑部对电流已经产生了依赖性，如果中止刺激，可能会让大脑更快死亡。所以，除非我自己选择醒来，重新和感官信号建立联系，否则会永远被囚禁在记忆里。

而随着时间的推移，梦境中的幻想成分也越来越重，它们按照我的念头巧妙地篡改了现实，让我以为发现了自己想要的结果。

真正的殷琪在1995年已死去了，我只是太渴望她能够活下去，才会利用记忆来制造新的梦境。中学时被抢劫的女孩，不是琪琪；我在老乡会上见过的无名女孩，不是琪琪；我在巴黎曾经遇见的一个中国姑娘，也不是琪琪。她们甚至不是同一个人。我的潜意识选择了记忆边缘的几个人影，将她们合为一体。这个故事其实破绽百出，太多的巧合，太多的偶遇。但梦中的我却一点儿也没有察觉。

他们带我去看了琪琪的墓地，墓碑上有她的照片和“1984—1995”的字样，还有她十岁时的照片，一切无可置疑。

但在这一点上，我不相信他们。我亲眼看到了琪琪，小时候的她，长大了的她，我曾凝望她清冷的双眸，也曾将她炽热的身体紧紧拥抱，这种感觉不可能是假的。如果说这竟是梦境，那么眼前的一切同样可以是。

琪琪一定曾回到我的生命中，寻找过我。是她让我找到了她，并且将我送回到这个世界。在那里发生过的一切都有内在的意义，在这个世界上，琪琪死于 1995 年，但是在另一个世界——不，在这个世界的根基之处——琪琪一直活在那里，从未离开过我，我们一起长大成人，看潮涨潮落、云卷云舒。

如今，我再也不能够跳回到 2014 年之前，意识既然已经恢复，再使用治疗仪也就无效了。但无论如何，我日渐一日康复，现在的我找到了新的开始，新的未来，毕竟我只有三十岁，还不算老。

我会和琪琪一起“活”下去，直到岁月的尽头。

那时，生命的神秘会对我们打开，而所有的时间都会重新回来。

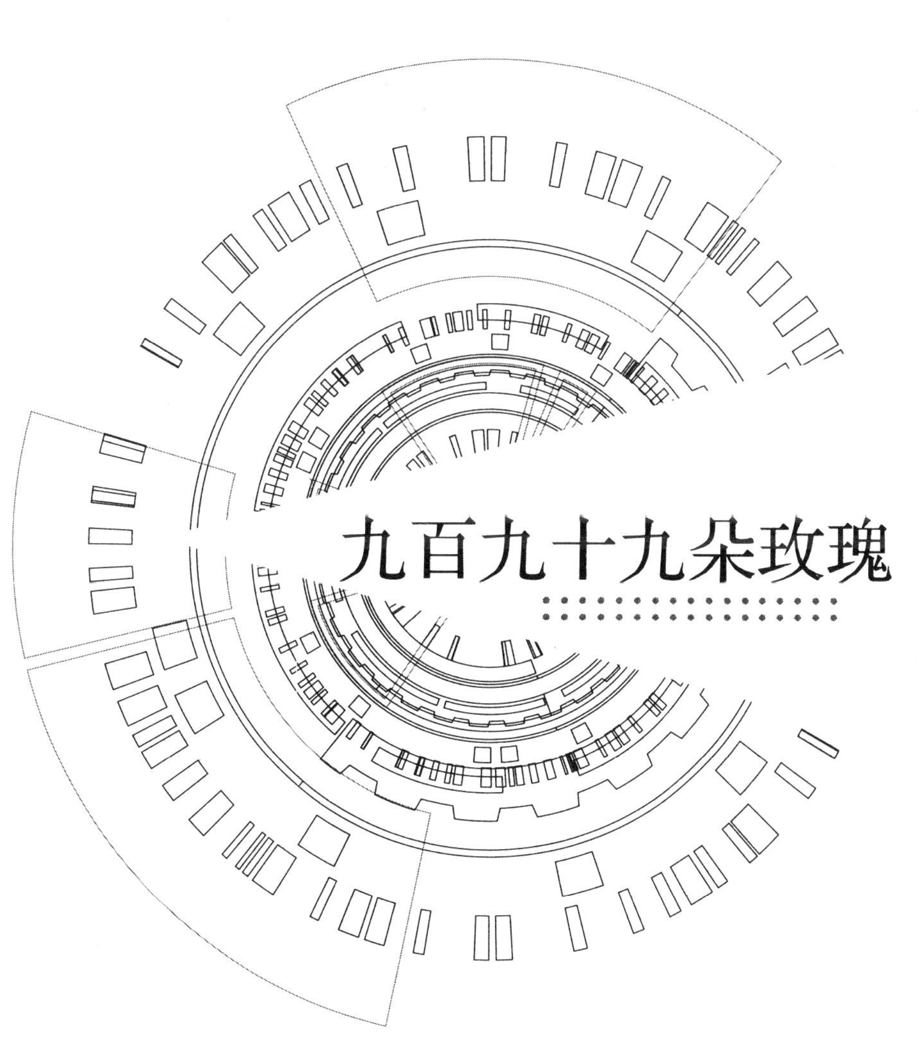

九百九十九朵玫瑰

一

我至今仍清楚记得大三的那个周日。正当暮春，一年中最好的时节。天气暖洋洋的，却还不至于酷热。到处都是婉转的鸟鸣，空气中散播着淡淡的花香。草木纷纷抽枝拔芽，生命的活力已经四处迸发，犹未尽情绽放。似乎许多美好的事物即将来临，一切却还尚未开始。我们的心常常被莫名的热情所充满，又不时感到说不出的忧伤。那天晚上，我们宿舍的老二姜大勇走进宿舍的时候，哼着歌，步履轻快，脸上还带着一种奇特的兴奋，和以前每次表白后垂头丧气的样子大不相同。

“成功了？”我忙问，觉得自己心跳也加速了。

大勇先是点了点头，又摇了摇头，“其实我也不知道算不算……”

“只要女生没直接拒绝，那就算成功了吧！”老大从上铺伸出头说，“不容易啊，你追了沈琪两年多，终于把咱们系花攻下来了！”

“不能够吧？”老四怀疑地说，“沈琪会看上他？难不成她也喜欢看《科幻世界》……”

“你们别打岔，”我说，“大勇，究竟咋回事？仔细说说。”

“一开始和上次差不多吧，我叫她下楼，把今晚电影票给她。她一开始不要，我又说了几句，她就接过来揉成一团，扔进垃圾桶里，转身走了。”

“这……不就是拒绝你了吗？”我说。

“不过她走了几步，又回过头跟我说。什么时候我能送她九百九十九朵玫瑰，再来约她差不多。我也没多想，就说好，她笑了笑就走了。我这一路都在想，怎么能攒到钱，买到那么多玫瑰呢？”

“傻啊你！”老四立即指出，“连话都听不明白？沈琪是摆明了让你知难而退！”

“啥意思？”大勇挠头说。

“看看你身上的破衣服裤子，”老四刻薄地说，“加起来还没一百块钱吧？谁不知道你是半个贫困生啊，哪来的钱送她九百九十九朵玫瑰？那少说得四五千块钱，抵得上你半年的饭钱了。沈琪这是被你烦透了，找个理由拒绝你而已。”

“是这意思？”大勇如梦初醒。

“老四话糙了点儿，可说得没错，”老大接口说，“老二，你追沈琪这么多日子了，兄弟们也不是没提醒过你。像她这样的女孩，大城市出来的，家里又有钱，娇生惯养的，根本就不适合你。你再怎么努力她都不会接受的。你也碰了好几回钉子，就是不死心，她是怕你再继续缠着他，才故意出个难题给你。你要是办不到，下次当然也就没脸再去找她了。”

“我怎么办不到？”大勇不服气地说，“不就是几百朵玫瑰花么，就算四千五千，我打工，我赚钱，我省吃俭用，过个一年半载的，就不信攒不下这个钱！”

“笨啊，还一年半载，沈琪那样的，几十号人围着她转，能等你个一年半载？”老四嘲笑说，“听说最近中文系的李佳、电子系的孙凯都在狂追她，那可都是学校有名的风云人物，你哪个比得过？说不定过几天她就和谁好上了，哪还有你的份儿！”

“那怎么办？”大勇乞求地看着我们，“你们可得帮我啊！要不这样，我……我先跟你们借钱，去买玫瑰，这笔钱回头我慢慢打工还给你们！”

“这……”老大有些为难，看了看我和老四。老四冷冷一笑，扭过头去玩电脑。我想了想说：“大勇，大家不是不肯帮你，而是不想害你。这次沈琪摆明了在整你，你还借钱给她送玫瑰，无端背上一身债，那不是傻么！再说，就算你东拼西凑地买到那么多玫瑰了，沈琪也答应和你约会一次，看完电影吃完饭人家还不是说声‘再见’就走人？你这么多钱还是白费。放弃吧，这种事是勉强不来的！”

大勇不甘心地想说什么，却始终没说出口。长叹一声，倒在床上发呆。我知道他一定还不死心，也不知说什么好，只有让他自己先冷静一阵了。

人与人之间，有时候也不知是缘是孽，反正自从姜大勇在新生会上第一次见到沈琪，就对她一见钟情。当然，那时候十个男生有九个被沈琪吸引，放胆去追的也有三四个，大勇不算特别。但两年下来，其他人都慢慢知难而退，班上男生里也就大勇一个人还在坚持了。

人人都看得出，他和沈琪两人的家庭背景也好，生活方式也好，都是两个世界的人，完全不相配，沈琪不可能会喜欢他，但他仍然固执地一头栽进去，成为沈琪最忠实的裙下之臣。我们也劝过他好几次，可他就是不听。接二连三表白失败，也没有动摇他的决心。今天是第四次，既然他从沈琪的一个借口中看到希望，这个执念就只有越来越重，不会慢慢消退的。

不过有时候我也挺羡慕大勇的。沈琪个子高挑，长发飘飘，眉目如画，生得那叫一个漂亮，还能歌善舞，是好几个社团的骨干，走到哪儿都会把男生的目光都吸引了过来。大家口头上虽然不免刻薄，其实心里谁没点儿想法呢？只是我们比大勇多了点儿自知之明，知道沈琪眼光高，不会看上我们这种普通男生的。有时候，我还挺羡慕大勇的，毕竟他敢于表达自己。沈琪虽然赶他跟赶苍蝇似的，但她心里毕竟记住了这个人，而我许琛呢，她可能连我名字都不记得。

不过大勇也就这样了，他的经济状况我清楚得很，每个月也就靠家里寄的五百块钱，加上自己打工赚的一两百块紧巴巴地过日子。用的电脑手机都是二手的。他是个孝顺孩子，不至于让下岗的父母给他寄“棺材本”来。另外能借钱给他的，也就是我们几个哥们儿，大家自然也不会借他钱让他做傻事。我实在想不出，他能从哪弄到好几千块来买玫瑰，就是卖血也赚不了那么多吧？

不过大勇却另有主张。第二天，他一早就出去了。中午的时候，我在图书馆看到他，他正在聚精会神看一本大部头的英文书，好像是物理方面的，上面都是密密麻麻的公式和希腊文符号。我大感佩服，这家伙平常看到英语阅读都头疼，怎么现在钻研起学术来了？

“干吗呢？知道追不上沈琪，大彻大悟，发愤苦读了？”我在他身边坐下，打趣说。

“我在想办法呢。”

“什么办法？”我好奇地问。

“这个现在……还不能说，”他吞吞吐吐地说，“我也不知道是否一定成功，但是如果有可能成功的话，那就一定会成功。”

“你打什么哑谜？”

“总之本周六，”他认真地说，“也就是 5 月 19 日，会有九百九十九朵玫瑰的，也许更多。”

“你哪弄的钱？还是你家亲戚是开花店的？”我大是讶然。

大勇还没回答，这时候沈琪来了。她穿着天蓝色的宽裁连衣裙，白色的长袜配上米色的短靴，玉立亭亭，光彩照人。隔着几十米远，我们就感到她的容光，好像周围的书架都亮堂起来了。

沈琪远远看到我们，脸色微有些尴尬，但仍礼貌地向我们点点头，转头要走。我知道她是避大勇，和我无关，但我心里总有些不是滋味。

“沈琪！”大勇却忽然叫住了她，“跟你说件事！”快步走了过去。我犹豫了片刻，也跟了过去。

油头粉面的李佳从沈琪后面冒了出来，脸上都是敌意。这家伙是个有钱的“小开”（有钱人的一种称呼），一副花花公子的样子，挺让人讨厌。不过不可否认，他比我和大勇加起来都要帅。他看到姜大勇过来，摆出一副护花使者的模样，挡在沈琪面前。

“沈琪，我有话跟你说。”大勇完全无视李佳的存在。

“那件事……昨天不是跟你说得很清楚了吗？”沈琪见躲不过，无奈地说。

“没问题，”大勇说，“我已经预定好了，本周六晚上七点半，你等着，九百九十九朵玫瑰花准时送到你宿舍！”

“什么？”沈琪以为耳朵出了毛病，“你不会真的去买花了吧？”

“这你不用管，到时候你就知道了，”大勇雄赳赳地说，可下一句话又露了本相，“那个，快中午了……一起吃饭吧，我请你吃学一食堂的排骨，好不好？”

我不知道大勇玩儿得是哪出，先约会，后送花？还请人家女生去食堂吃饭？亏他想得出。

沈琪掩口莞尔，李佳更是冷笑连连。沈琪笑了两声，抬头正色说：“那不行，说好了，等我收到你的花，再跟你吃饭。”

“好吧，”大勇说，“那你周六在宿舍等着，玫瑰花会送到你楼下的，到时候你一定下来啊。”

“好啊，”沈琪说，“那先这样，我们戏剧社还要排练呢，先走啦！”她不忘向我点点头，转身翩然而去。

沈琪走了半天，大勇还失魂落魄地靠在书架边上，目送已经走过拐角的沈琪。我问他：“你没毛病吧？你的计划就是假装送花，先骗沈琪出来约会？”

“当然不是，”大勇说，“我有一个更好的计划。你绝对意想不到。”

二

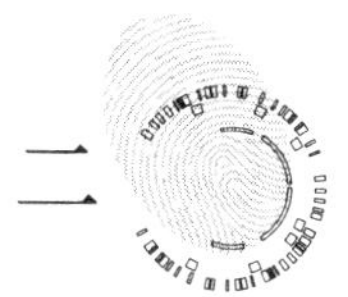

大勇追沈琪以来，什么事都和我商量，可这回一反常态，死活不肯把他的计划告诉我，不过到了下午，我还是知道了。说来也巧，那天我上一门选修课，离宿舍很远，下课以后经过一间自习室，偶然向里看了一眼，就看到大勇在自习室的一个角落里埋头写着什么东西。我心里有些奇怪，一般大勇去的几个自习室我都知道，从不到这里来。今天怎么会跑到这么远的教室来自习呢？难道是要躲开认识的人？

我一时好奇，从后面进去，悄声蹑步走到他背后，从他肩膀上望下去。看到他在一张信纸上奋笔疾书：

遥远未来的子孙们：

你们好吗？我是你们的老祖宗姜大勇。当你们看到这封信的时候，可能已经是公元2200年、3000年甚至10000年了，我不知道你们在什么样的社会里，过着怎样的生活，我想象不出来，未来的一切都超出我们的想象。但我知道，历史是连续的，你们是我的子孙……

这是什么玩意？我心里嘀咕着，继续看下去。

你们的DNA来自于我的遗传，没有我就没有你们。当然，没有我挚爱的伴侣，也就是你们的祖奶奶，同样也不会有你们。因此，你们的存在，在某种意义上是从我和你们祖奶奶的相遇开始的。她叫沈琪……

“什么？！”我不禁惊呼出来。

大勇回头看到我，脸色变了，手忙脚乱地就要把信纸藏起来。

“别别，究竟怎么回事，给我看看！”我好奇心大盛，不由伸手去抢，大勇一时慌张，被我一把把信纸抓到手里。大勇忙往回夺，两人打闹起来。其他自习的同学不满了：“你俩闹什么，出去出去！”

我慌忙道歉，和大勇一起退出教室，到了楼梯口。大勇看到信纸仍被我拿在手里，脸上红一阵白一阵，倒也不便撕破脸发作，最后放弃了。无奈地挥了挥手，任我读下去。

……没有我们的恋爱和婚姻，也就没有你们，孩子们，你们要意识到这一点。但我和你们祖奶奶之所以在一起，是因为我送给了她自己买不起的九百九十九朵玫瑰，才终于感动了她。这些玫瑰，在你们的时代或许不算什么，但是我却难以负担，而如果没有这些玫瑰，我和沈琪就不可能在一起。因此，我必须向你们请求帮助！人类科技的发展日新月异，我相信时间机器在你们的时代应该已经实现（如果还没有实现，就请把这封信一代代传下去，直到时间机器问世的时代），那么请你们设法返回这个时代，将九百九十九朵玫瑰送到公

元2012年5月19日7点30分的燕华大学，三十六楼楼下，那是你们的祖奶奶沈琪住的地方，我会在那里等着……

读到这里，我实在忍不住，扔下信纸哈哈大笑起来，一边笑着捂着肚子，一边指着大勇说："你……你想出来的就是这……这点子？你小子《科幻世界》看多了吧，哈哈哈！"大勇虽然经济拮据，每个月花好几块钱买《科幻世界》是省不了的。但我没想到他沉溺科幻到了这个地步！

大勇却没有笑，叹气说："所以我不想告诉你，早就预料到你会是这个反应。"

"可你这……也太匪夷所思了吧！哈哈。"

"但这确实很可能啊！"大勇郑重地说。

"这怎么可能？"我笑声渐止。

大勇的逻辑说来倒也简单。他说，按照量子力学，将来是不确定的，从一个世界中会分化出无数可能的历史分支来。在某一个可能的分支中，他和沈琪将会结婚，生下孩子，孩子又会有孩子……而这一切之所以可能的基础，就在于他送了沈琪九百九十九朵玫瑰。而这些他是根本没有财力送的。从这个意义上来说，他和沈琪就根本不可能在一起，而那些后代也不可能存在。所以他们为了解决这个悖论，维持自身的存在，必然会设法回到这个时代，送给沈琪九百九十九朵玫瑰。

"你这不是扯淡么！"我笑够了之后，严肃地指出，"既然你不可能送给沈琪九百九十九朵玫瑰，那么你和她的那些虚拟后代当然也不可能存在。既然没有那些后代，哪有人会穿越时空来帮你？洗洗睡吧你。"

大勇反倒笑了起来："老琛，你完全没有理解，这才是最关键的部分！当然，在绝大多数未来的历史分支中，正如你所说的那样，我和沈琪什么关系也不会有。但是总有一个可能的历史分支里，我和沈琪会因为来自未来后代的帮助而在一起的。”

“为什么会有那么一个历史分支？这压根儿就不可能！”

“这么说吧，你想想，假设你是我的后代，有一天你看到了老祖宗的来信，然后穿越时空，回到几百年前，帮助老祖宗和他爱的女人在一起，恋爱结婚，生儿育女，然后才有了自己的一代代先祖，有了自己。这逻辑没有矛盾吧？”

“这成了一个首尾循环的因果链……”我沉吟着，“总觉得哪里不对劲……不过逻辑上……好像也没有矛盾。”

“也就是说，你承认这是可能发生的了？”

“这个……”我觉得好像被他绕进去了，踌躇着说，“也许吧……”

“既然你承认是可能的就对了，”大勇说，“在无数可能的历史分支中，这件事必然会发生。”

“那……那也不至于会发生在你头上啊，”我说，“照这么说，我也可以给后代写一封信，让他们撮合我和沈琪，李佳也可以写。谁都可以写。”

“但是你们没有这样去做，”大勇说，“甚至没有想到这种可能性。只有我这样去做了，所以是我姜大勇进入了这个历史分支。因为这封信，我和沈琪的命运已经联系在一起了。”

这回我已经完全被他搞晕了，说不出话来。

大勇见我哑口无言，有些得意，继续发挥说：“其实早上我想到这一点的时候也很犹豫，觉得自己简直疯了，这怎么可能呢？但在逻辑上又完全无懈可击！我跑到图书馆去找了几本讲时间理论的书看，结果越看越迷糊，可在见到沈琪的那一刻，我心里忽然明白过来：今天碰到她是有意义的！如果我不叫住她，告诉她这件事，那么这事就无疾而终，我和沈琪就算完了。因此，我必须自己选择进入这个让我们的后代非帮助我们不可的可能历史分支里，我必须告诉她我会在周六那天送给她那些花，这样木已成舟，才会确定下来。”

“所以你高调宣布要送她九百九十九朵玫瑰花？就是为了选择进入这个……让你们后代穿越时空来撮合你们的所谓可能历史分支里？”

“是的，这也是为了让我自己下定决心。”

“哼……”我想了半天，倒没想到什么特别有力的话来驳斥他，不过我心里当然一丝一毫也不相信。最后我说：“这一切都是建立在未来会发明时间旅行的基础上，这方面矛盾太多了。不是有什么‘外祖父悖论’吗？也许根本不可能有时间旅行。”

“一千年前，人们也不知道会有电话，隔着半个地球都能说话；一百年前，人们也不知道会有电脑，一个小本子里都能装下整个图书馆。爱因斯坦还以为光速最快呢，而今天呢，中微子都超光速了！还有……”

“行了，别跟我这讲科学史了。”我说，“那你为什么不做个验证？首先呼唤你的后代在——比如说——下午四点半出现在这个楼道里，和你见面，等到证明成功了，再让他帮你送玫瑰花吧。”我说着，望了望四周，心里不知怎么有些发毛，好像那些未来人真的会在下一秒从墙壁里冒出来似的。

“他们当然没有必要来帮我们验证！”大勇抗议说，“他们为什么要来见我们？这和他们毫无关系，但我说的事情就完全不同了。这关系到他们自己的存在！如果他们不来进行第一次推动的话，那么他们自己就没法存在！”

“不跟你扯了，”我摆摆手，“总之这是不可能的。大勇，说到底，你自己真的信吗？”

“为什么不信？”大勇激动地说，但很快眼神黯淡下来，长叹一口气，“我不知道，也许你说得对，这是不可能实现的狂想，但我真的……真的不能没有她。这也是没有办法的办法吧。”

我也有些黯然，拍了拍他的肩膀：“我明白，我当然也会尽力帮你。不过这事你先别跟别人说了，否则闹大了不好收场，这事你再仔细想想，后悔还来得及。先打饭去吧。”

但我们不知道，这时候已经太晚了，事情开始向着难以收拾的局面发展。

三

晚上等我们回到宿舍，不由吓了一跳。狭小的寝室简直沸腾了，隔壁好几个寝室的家伙都来了，黑压压的一大堆人。看到大勇，一拥而上把他拉进去。问他是不是答应在周六送沈琪九千九百九十九朵玫瑰，当众示爱。看来这事全班、全系、全楼都知道了。也不知是从哪传出来的，数目也给夸大了十倍。

这帮看热闹的家伙以为大勇捞了什么外快，不住打听着。大勇一开始还想充面子，最后被缠不过，只好老实告诉他们，自己根本没有钱，打算跟同学借呢，既然大家都来了，要不然就跟在场的每人借个一两百块的……他们一听到“借钱”二字，马上打哈哈说还有事，一哄而散。

好不容易打发了那些家伙，我打开电脑上网，却发现学校 BBS

上都有消息了，说我系某贫困生（没有点名）要一掷千金，送几千朵玫瑰追女孩子，还被顶上了十大话题。水军们激烈地争论着，这么做究竟值不值得啊，女生是不是都虚荣啊，凤凰男和城市女在一起有没有好结果啊……一堆乱七八糟的话题。

老大和老四自然也追问不休，大勇什么也不说，我也表现出不知情的样子，在二人怀疑的目光中，我们上床睡觉了。

就这样，我成了大勇召唤未来人的同谋。第二天，大勇想到一个重要问题，找我商量，如何把这封信交给他的后代呢？我跟他指出，逻辑上他完全没有必要赶着写这封信，无论如何他的后代收到这封信已经是上百年后了，他完全可以在和沈琪结婚以后再慢慢补写，然后一代代传下去。如果最后没有和沈琪在一起，自然也不用多费功夫。

但是大勇觉得这样有问题。他逻辑异常严密地分析说，按照他的历史分支理论，在寄出信之前，他还没有进入那个和自己的后代发生联系的分支世界中，因此仍然不保险。他如果不幸先进入自己和沈琪毫无结果的历史分支中，那再寄信也没用了。只有寄出信，并且确保后代能够收到信，他才能保证自己处于那个分支里。不用说，这一切必须在周六的玫瑰之约前完成。听起来倒也言之有理。

我们商量了几种办法，比如随身收藏着以后传给后代，或者把信放在袋子里找个地方埋起来，都觉得不保险。谁知道信会不会丢失或者被其他人挖走呢？即使放在银行保险柜里也不保险，何况要是有那么多钱去保存这封信，不如拿去直接买玫瑰了。最后我想到一个主意：只要科技继续发展，因特网在未来必将稳定地存在下去，并且在社会生活中的地位会变得越来越牢固，也许可以把信发到网上，进行长期储存。

我们在网上搜了一下，果然发现以前孤陋寡闻，这个问题早就有人想到。网上有一个叫“Time-Capsule”的英文网站，和实体性质的

“时间囊”不同，这个网站就是把书信、照片、视频等电子资料储存起来，发送完成后，任何人，包括文件上传者都不能开启。只能在设定的一段时间后，比如二十年或五十年后开启。谁可以看资料、下载是否需要密码等这类选项，都可以提前设定，并且 20M 以内的资料都是免费的。现在那个网站有一百多万个注册用户，最近很火。网站上还专门说明，他们已经预料到在未来几十年中可能发生怎样的意外，又采取怎样的各种保险措施避免数据遗失（包括把数据储存在一个地下几百米的掩体里，号称连核爆也不怕），看样子也还靠谱。

大勇觉得这个网站很合适，于是借我的相机，把他那封洋洋五千字的信（后面还有许多描述他对沈琪的相思之苦的文字，他没给我看）拍下来，和其他一些关于他的资料放在一起上传了上去，设定为一百年后可以提取，没有设密码（大勇生怕万一密码由于什么原因没传下去，那就糟糕了，反正这些东西估计也只有他的后代才会感兴趣）。文件名是自动生成的，是上传时间和地点的组合，很好记——201205151430PEKING。他和沈琪的子孙，将来可以凭借这个文件名提取其中的资料。

此事一了，我们都松了一口气，就等着周六出结果了。现在，我已经完全参与到这个怪异的游戏之中，但在心底，我对他那套理论还是谈不上相信。当然，网上的时间囊已经创设了，将来他如果有子孙的话，他们多半也能看到，不过到那时他们大概只会哈哈大笑祖先的愚蠢吧。

但事情却在另一个方向上越闹越大。

一掷千金送千朵玫瑰的事，在大学里本来也不算罕见，但因为一个是籍籍无名、其貌不扬的贫困生，一个是校园里风光无限的系花（更有人评为校花），在网上越炒越大，也越传越走样。最后，周三晚上，宿舍里就我一个人的时候，忽然有人“咚咚咚”敲门，又急又快。我诧异地打开门，却发现沈琪亭亭玉立地站在门口，一张俏脸上却充满了怒色。

“许琛！”三年来我跟她没说过几句话，没想到她还能记得我名字，“姜大勇在不在？”

“他……他当家教去了。”我小心翼翼地说，心下惴惴，不知道沈琪此来何意。

“那好，我跟你说好了，”沈琪把一张报纸甩给我，“这是怎么回事？”

我接过报纸一看，两行醒目的标题跃入眼帘——“贫困生一掷千金，千朵玫瑰打动燕大校花”，大吃一惊。仔细看下去，原来是本市《燕京晚报》记者道听途说，把几件不相干的事揉在一起，登出了一则花边新闻，说燕大某系贫困生姜某某花了大钱买了九百九十九朵玫瑰，在女生楼下等了一夜，终于感动了燕大校花沈某……配的是不知哪个大学男生求爱、和女友热情相拥的照片，旁边都是玫瑰花，看上去倒很合拍。就是那女生的背影也有几分像沈琪。下面还有编者按，道貌岸然地批判当代大学生的爱情观、消费意识等。虽然没有点名，但对男女主角略有描述，本校知道沈琪的人不少，很容易看出指的是谁。

“这都哪儿跟哪儿啊，”我摇头说，“这些记者，根本就是胡编乱造！”

沈琪怀疑地看着我：“就是你们跟记者爆的料吧？认识我的人，今天好多人打电话都问我，是不是收了人家几千朵玫瑰，是不是跟一个姓姜的男生好上了！这不是毁我名誉吗？许琛，我本来觉得你这人不错，想不到你居然和姜大勇一起——”说着泪水就要夺眶而出。

“没这回事！”我忙澄清说，“这两天我都跟大勇在一起，我们……在忙别的事。我敢保证，他既没有上网发帖，更没有找什么记者，事情怎么会演变成这样的，我也不知道。”

“哼，你们不知道，难道是我跟报纸说的？”沈琪气鼓鼓地说。

“我不是那意思，不过……当时还有别人在吧，你为什么不问问其他人？”

沈琪明白我指的是李佳，总算冷静了一点儿，想了想说：“好，这件事我会弄清楚的，如果证明是姜大勇干的……哼！”说完扭头走了。

等姜大勇回来之后，我跟他说了这事。大勇连连叫冤，说这事他巴不得越机密越好，怎么可能会跟记者乱说？当时就急着要找沈琪解释，我告诉他，沈琪现在在气头上，空口无凭也没用，不如等沈琪问清楚了再说。

第二天，我意外地忽然接到一个陌生号码的电话：“请问是许琛么？我是沈琪。”声音柔柔的，非常好听，和昨天判若两人，我半天没回过神来。

“喂，是许琛吗？这是你的号码吧？我找你老乡问的。”

“对，对，是我。”我忙说。

沈琪跟我说，事情已经查清楚，是李佳跟人乱说的，又在学校BBS上发帖爆料，本来只是想让大勇出丑，想不到闹上了报纸。她已经把李佳狠狠骂了一顿。昨天她实在气急了，跟我乱发脾气，很对不起我。

我忙说不要紧。沈琪沉默了一会儿，又问：“姜大勇是不是真的要买那么多玫瑰？”

“这个……”我不好说是，也不好说不是，更不好把姜大勇纯属空手套白狼的计划告诉她。

“他不会是跟你们借钱的吧？那也太……”

“那倒不是，不过只要能和你约会，大勇他肯定是愿意倾尽一切的。”

“其实我只是想找个理由让他知难而退。”沈琪幽幽叹了口气，“想不到惹出这么多麻烦。其实我对他根本……就算他真的送了那么多玫瑰，我也不会……你是他好朋友，还是劝他放弃吧，好不好？”

“我知道，”我说，“其实我们一直都在劝他。”

沈琪还想说什么，却欲言又止，挂了电话。我在想怎么跟大勇说。还没想明白，大勇回来了，我告诉他沈琪打电话来，看到他满脸期待的样子，又有些不忍，最后还是吞吞吐吐把沈琪的意思委婉说了。

“我知道，”他脸色苍白地说，“她一定会这么说的。但她不明白，等到那些玫瑰花从天而降的时候，事情就完全不同了。在这条历史线里，我们注定、注定、注定是一对。”

四

我给报社打了电话，指出他们报道的讹误，敦促他们发声明更正：首先，送花的事还没有发生，而且，女主角也不是爱慕虚荣的人，他们完全不了解情况……但报社的人老奸巨猾，他们轻描淡写地口头表达歉意后，从我嘴里套出了送花事件的确切时间地点。而那篇应有的更正启事，我等了好几天也没看到。

周六到了。天气很好，阳光灿烂，蓝天白云，但看上去只是普通的一天。

但对于姜大勇和沈琪来说，这是决定命运的一天。或许对于这个世界也是如此，这将是验证时空旅行是否可能的一个绝佳契机。假如真的有未来人带着玫瑰来到我们这个时空，整个世界、整个历史，甚至整个宇宙，都将会完全不同。这将是何等激动人心的大事！

遗憾的是，这一切都依赖于大勇的时间理论。而大勇这人，虽然脑子里装满了各种稀奇古怪的科幻设想，却一点儿也没有小说中科学天才的那种聪明睿智，好几门专业课都是补考了才及格的。对他的论断，我实在没什么信心……

整个白天都没有什么异常，天上没有出现飞碟，也没有人从空气中冒出来，更没有人报告在校园什么地方出现了神奇的闪光或其他异象。我开始觉得自己有点儿可笑，怎么真的被大勇那套给蛊惑了？六点多的时候，我看到大勇一个人在楼梯拐角处站着，点上了一根烟，云烟缭绕，显得有些焦躁。

“干吗呢？”我走到他身边。

“我在等他们。”大勇说，然后对着墙壁，带着几分乞求的意味说，“差不多是时候了，你们……如果来了的话，就出来吧，好不好？”

墙壁当然无动于衷。

“不会有人来的，大勇，你……清醒点吧。”我觉得他已经有点儿神经质了。

“当然不会，”他苦笑了一下，“说好了，要等到七点半的。”

“七点半也不会有任何人来的，你醒醒好不好？”我忍不住说，“如果因为你这种小事就要劳烦未来人出现的话，那以前什么世界大战、导弹危机、刺杀政变，未来人早就不知道来了多少次了！”

“你说的也有道理，这几天我也在想这个问题：这是时间旅行上的费米悖论。”大勇叹了口气说。

“什么悖论？”

“费米悖论：如果宇宙中充满了各种外星人，为什么我们看不到他们？同样，如果时间旅行在未来实现了，为什么古往今来从来没人见过任何未来来客呢？”

“对呀，为什么？”我倒是没想过这个问题。

“我也不知道，但是我怎么都不信，未来的无限时间中，人类始终无法发明跨越时间的方法。”他目光炯炯地说，“或许他们的确以某种方式来了不知道多少次，只是非常隐蔽，我们没发现而已。”

大勇对于外星人或者时间旅行之类科幻设想的执着，正如同对沈琪的痴恋一样，向来充满了不切实际的狂热。以前我经常笑话他，但这次不知怎么，我竟有点儿被他打动了。是啊，未来的时间是无限的，我想。“无限”这个念头压倒了我，不是一百年，也不是一千年，而是无限的未来。谁知道在无限遥远的将来，我们的后裔会创造出怎样的奇迹？我们完全无法想象，正如古人无法想象现代人飞天入地的神通一样。

但这件事情的奇妙之处在于，那些遥远未来的后裔，他们能否回到过去，我们不需要等 百年或者一千年才知道，说不定我们在一个多小时后就会知道。

快七点的时候，大勇就换上了他最体面的一套衣服——其实无非是质地普通的白衬衫和西裤——揣着他当家教赚的两百块钱，双手空空如也地下楼去了。不管怎么说，我们宿舍兄弟自然是他责无旁贷的后援团，于是都跟着他去了。

到了女生楼下，我们吓了一跳，虽说算不上人山人海观者如堵，至少也有好几十人在那等着了，有男有女，大部分是我们的同学，也有些不认识的，都聚在楼门口的小喷泉前面。看到大勇来了，大家都欢呼起来。大勇俨然已经成了校园名人。

不少人过来鼓励大勇，也有人阴阳怪气说风凉话的，有人好奇问花在哪里，大勇机械地敷衍了几句，心思自然不在他们身上。我抬头向楼上的女生寝室望去，沈琪宿舍的窗帘拉开了一条缝，正有人从里向外看，依稀地看正是沈琪本人。她看到我，立刻合上窗帘离开了。

没过多久，一辆小面包车倏然而至，在喷泉前停下。车身上印着“燕京晚报”几个字和图标，一男一女两个记者拿着话筒跑下车来，很快在旁人的指点下锁定了目标，向姜大勇奔来。人还没到跟前，一连串的问题先滔滔不绝而来：“同学你好，请问你就是今天送花的男主角吗？你的花呢？听说你家里条件不好？你有没有申请贫困助学金？你父母都下岗了对不对？你花那么多钱送花的事他们知道吗？你觉得这样花钱值得吗？你是否——”

“我的事，你们懂个屁啊！”大勇忍无可忍地骂了出来，“滚开！”

记者继续纠缠着，我和同寝的兄弟们好不容易才把这两个饶舌记者拉开。这时候，学生们已经越聚越多，有些是过路的，也停下来看热闹，后来总共差不多有一两百号人。不知是谁起得头，大家开始乱哄哄地唱歌，歌声此起彼伏，在春夜的校园里回荡着：

她总是只留下电话号码
从不肯让我送她回家
听说你也曾经爱上过她
曾经也同样无法自拔
你说你学不会假装潇洒
却叫我别太早放弃她
把过去全说成一段神话
然后笑彼此一样的傻
……

一个人的时候
不是不想你

一个人的时候
只是怕想你
一个人的时候
如果下起了雨
也会学你把伞
丢到一边
……

起来，饥寒交迫的奴隶，
起来，全世界受苦的人！
满腔的热血已经沸腾，
要为真理而斗争！
……

“国际歌都出来了，再这么下去真 hold 不住了！”老大忧心忡忡地说，“再喊两句抗议食堂涨价、宿舍漏雨之类的口号，咱们得被当成组织集会闹事给学校处分了……”

我想着刚才和大勇的讨论，一路都在琢磨时间旅行的问题，心神激荡，就没仔细听他说什么。看了看表，不知不觉已经到了七点二十九分。太阳刚刚落到地平线以下。我抬起头，仰望着黄昏暮色初现的天空。忽然之间，有一种念天地之悠悠，独怆然而涕下的渺小之感。

时间是何其神秘而怪异！我出神地想，在我们之前的千万年中，不知多少代人生活过，而今却如电光石火，无影无踪。他们从何而来，又到哪里去了？在更久远的时代，人类之前的多少亿年之中，又有多少奇形怪状的生物出现又灭亡，有谁知道？有谁纪念？如果我们不能回到过去，那些古老悠远的世界将会永远失落。就连我们的时代也会被后人遗忘……

人类总是渴望着返回过去，渴望着重新找回过去的历史。我们建立了博物馆、纪念馆，读着各种历史故事，看着那些重现遥远古代的电影，甚至幻想着自己穿越回过去，就是为了满足内心这个一直无法满足的渴望……毫无疑问，只要有一丝可能能够返回过去，人类必然会不遗余力地发展出这样的技术，一偿这个亘古以来从未放弃的心愿。

那么真的会有人从遥远的未来到来吗？改变历史的一刻，真的会在下一秒就出现么？奇迹会发生吗？

我想象着，或许面前会忽然出现一道发光的拱门，会有一些奇装异服的家伙捧着一束束鲜花从门中鱼贯而出；又或许有千万朵的火红玫瑰莫名其妙从天而降，将整个大学淹没在花海中；或许在一瞬间，那些玫瑰会像施了魔法般从地下疯长出来，开遍整个校园；甚至或许天边会出现一颗比满月还亮的超新星，然后膨胀成一朵玫瑰色的星云，中间好像孕育着无数玫瑰花瓣……谁知道呢，在遥远的未来，谁知道他们会有什么样的能力？我们无法想象，无法猜度。

前提是：如果他们来的话。

我又看了看表，已经七点半了，我向天上看去——

异象出现了！

五

那一刻我清晰地看到，一颗绚烂得诡异的火流星，划过头顶暮色苍茫的天穹，消失在东南方向的天区。光芒灿烂夺目，如烟花般美丽。

我的心狂跳起来，在那一刻，我忽然相信这一切都是真的，大勇是对的，未来人真的会来到这里，带来那些神秘的花朵，改变大勇和沈琪的命运，我仿佛已经闻到了空气中的玫瑰花香，看到了嫣红的花束在人群中若隐若现，甚至在喷泉的水花之后，看到了未来人闪光的魅影……

流星消失了。

男生女生们还在唱着歌：

我早已为你种下，九百九十九朵玫瑰。

从分手的那一天，九百九十九朵玫瑰。

花到凋谢人已憔悴，千盟万誓已随花逝烟灭。

……

我转身四顾，看着其他人，发现除了我没有人注意到那颗流星，大勇也没有。我紧张地左右搜寻着，除了热闹的人群，却没有看到什么异样。我又抬起头，向着天空张望，但再没有第二颗流星出现，夜色又深了一层，几颗星星从夜幕中露出头来，一眨一眨，正如沈琪明亮而遥不可及的眼睛。

歌声渐渐止息。一阵微冷的风吹过，各种幻影都消失了，露出了冰冷而坚硬的现实。

一分钟过去了，两分钟过去了，五分钟过去了……还是什么都没有出现，一切如常的平淡，平淡得无聊。那时候，在喧嚣的人群中，我感到一种深深的绝望，对时间自身的绝望。我忽然明白了，不会有什么时间旅行，永远不会有，过去与未来永远不会相遇。这一切不过是我们青春的疯狂和愚蠢，一切都毫无意义。我们的热情会冷淡，梦想会破碎，爱恋会忘却，我们会庸庸碌碌过完这一生，然后老去、死掉，将来的世代也不会有人想起我们这些平凡的人。我们将在历史深处腐烂，然后挥发，如同从未存在过一样。

转眼间已经十分钟过去了。大勇仍然笔直地站在门口的喷泉前，如铜像般坚定，但还是没有一朵花出现。围观的人们发现了不对，他们窃窃私语着，不时传来窃笑声，人们开始恶意地等着看大勇出丑。

“喂，你的九百九十九朵玫瑰呢？别骗人啦！”人群中有人喊了一嗓子，我看到此人正是李佳。其他人也纷纷附和。

“就是，没花你折腾个屁啊！”

“你以为站在这里人家就感动了？神经病啊！”

“都是骗人的，看来校花也不会出来了，走吧走吧！”

“真是癞蛤蟆想吃天鹅肉！”

质疑声此起彼伏，两个记者倒是兴奋起来，两个人交头接耳，我估计他们又想整个什么新闻出来。我看到李佳从人群中出来，向他们走过去，好像跟他们爆料的样子，说不定又要想什么招数来整大勇。我好像已经看到了明天报纸上的新闻标题——“追女不成作秀报复，千朵玫瑰实属骗局”……

哄笑声越来越响，我再也看不下去，转身离开了。

我再次回到女生楼前的时候，已经是晚上九点了。楼前的看客都已经散尽，就连老大和老四也走了，喷泉前空荡荡的。但如我所料，大勇还笔挺地站在门口，等着那些注定不可能出现的玫瑰，悲壮得如同风车前孤独的唐·吉诃德。

我走到喷泉的后面，才发现大勇身边还有一个女孩子，悠然坐在喷泉池的边沿上，梳着马尾辫，是一个陌生女生。我听到她说：“喂，你到底要等到什么时候？”

大勇没有回答。

“你又拿不出玫瑰，她不会下来的。”女生说。

“我知道，”大勇嘶哑地说，“不过我就想站在这里，站到深夜。”

“为什么？”

“我愿意。”大勇从牙缝里蹦出三个字，又仰头看着沈琪的窗口。

其实我明白，到了这个时候，大勇已经不在乎结果。他只是想多守护自己的爱情和梦想一会儿，就算站到深夜，站到明天早上又如何呢？生命如白驹过隙，这一切青春的冲动和狂热，转眼就会无迹可寻。做什么，不做什么，除了在自己的内心中，都没有差别。

我不想再打扰他，但也不想离去。其实我也想站在那里，看一眼沈琪的窗户……

就在这时候，那些玫瑰出现了。

六

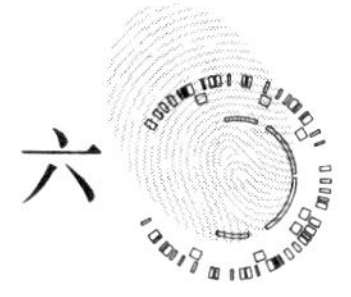

没有从天而降，也不是从虚空中冒出来，只是一个送货的店员，蹬着一辆三轮车进了校园，从林间小道上悠悠骑了过来。三轮车上，放着一筐筐扎好的玫瑰，火红一片，煞是好看。

大勇根本没留意背后的三轮车，等到车到了跟前，停了下来，大勇骤然看到满满一车的玫瑰，顿时目瞪口呆。

“请问您是姜大勇先生吗？”

“我……我……我是。”大勇结结巴巴地说。

“我们是花解语花店的。这里是给您的九百九十九朵玫瑰，还有三百支小蜡烛，请您签收。”

大勇激动万分：“这……这是谁跟你们买的？是什么人？”

店员为难地摇摇头：“这个……顾客说，让我们不要透露……”

“告诉我！”大勇忘乎所以地抓住他的手说，“你一定要告诉我。说啊！”

“好吧，其实是位……中年女士，戴着面纱，口音有点儿奇怪，付的是现金。”

“中年女士，”大勇喃喃说，“戴着面纱……”显然想不出什么端倪来。

店员把好几筐花和蜡烛搬下车，跟大勇打了个招呼，骑车回去了。三轮车从我身边经过，大勇还在极度震惊中，根本没有注意到他已经走了。

“大勇！”我定了定神，向他走去，“花真的来了？”

“老琛！”大勇一把抓住我的手，“你来看，这些花，是我……我的后代……他们……我们……真的，这居然是真的！”他已经激动得语无伦次了。

马尾辫女孩捧起一束花，放在鼻子下深深嗅了一口：“好香啊！”

就这样，我们帮大勇把那些蜡烛摆成“沈琪”两个字，再加一个心形，点了起来。玫瑰和烛光给了我们勇气，我们每人捧着一束上百朵的花，仰头叫着：“沈——琪——”

看到这里有热闹瞧，很快人群又聚集起来，大家一起叫着沈琪的名字。各个寝室的女生都探头看着我们，议论纷纷。我看到沈琪的室友走到阳台上，笑着向我们做了一个神秘的手势，好像是说，沈琪马上就下来。

门终于开了，沈琪娉娉婷婷地走了出来。她上身穿着一件粉红色T恤，下面是牛仔短裤和白球鞋，戴着一顶小巧的针织帽，打扮得又青春又活泼。在烛光映照下，红扑扑的脸蛋更显得娇美不可方物。

人群安静了下来。沈琪站在大勇面前，大大方方地一笑："这些玫瑰很漂亮，谢谢。"她说。

"你……你更漂亮。"大勇结结巴巴地说了一句俗不可耐的套语。

沈琪笑了笑说："想不到你真办到了……说吧，我们去哪里？"

"去……去东门如家宾馆……"

"啊？"

"不不不，"大勇忙不迭地解释，"我是听说，宾馆里有个茶吧，茶很好的，我听说你最爱喝茶……"

沈琪扑哧一笑："好啊。"

她向我微微一笑，向外走去。大勇跟了上去，人群给他们让开了道，有人开始鼓掌欢呼，简直跟送新郎新娘入洞房一样热闹。

"喂，"我在他们后面叫道，"这些玫瑰怎么办？"

沈琪回过头来，嫣然一笑："我和楼长阿姨已经说好了，你们帮我把它放在会客室里吧！谢谢啦！"

大勇倒好，如愿以偿和梦中情人约会去了。其他人也散了，只有马尾辫主动帮我。我们两个人把那些玫瑰都抱进楼里去，又把地面的蜡烛收拾了一下，忙碌了有半小时。

马尾辫告诉我，她叫窦乐乐，是天文系的，也是住这个楼的，和我们一级。她对大勇和沈琪的故事很感兴趣，跟我问了不少八卦。我就把事情说了个大概，当然没提什么时间旅行，免得让人笑话。窦乐乐问我他们有没有戏。我摊了摊手："这事我哪知道？"

"其实我觉得不成。"窦乐乐却说。

“你根本不认识他们，怎么知道？”我好奇地问。

“你没听说过女人的直觉吗？”窦乐乐认真地说，“看他们说话的样子，沈琪对姜大勇当然很礼貌，或许也有几分感动，但眼神里没有那种喜欢……不过我觉得……”

“什么？”

“没什么，瞎说的，嘻嘻。”

我和窦乐乐道别后，回到宿舍，老大他们又问了我半天。我告诉他们真的有人送了九百九十九朵玫瑰来，而大勇也和沈琪成功约会，他们惊讶得合不拢嘴，拉着我问了半天。可惜，我也说不出什么有用的。

过了十二点，大勇还没回来，我们自然也无心睡觉，开始猜测他们干吗去了。老大和老四口沫横飞，开始描绘大勇和沈琪在一起的可能情形，两个人怎么在电影院里相依相偎，或者在湖边搂搂抱抱，大勇怎么上下其手，沈琪怎么欲拒还迎，好像目睹一样。我又好气又好笑："你们这帮家伙，不加点儿咸湿情节会死啊！"

到了一点半，大勇终于回来了。不免又被我们拉住，问了半天。大勇带着幸福的傻笑，先是一句话也不回答，倒在床上，像是在脑海中又咀嚼了半天，然后在我们已经问累了的时候，没头没脑地来了一句："完美，真是太完美了。"

他终于告诉我们，这是一次完美的约会。他们一起去喝了茶，看了晚场电影，又吃了夜宵，然后他送沈琪回宿舍，再回来。经历虽然普通，但是和沈琪在一起的过程简直太完美了。他们谈人生、谈理想、谈童年往事……她的一颦一笑，一言一语，都那么可爱，令人回味无穷，他一生从来没有这么难忘的体验。

“别扯那用不着的，你们有没有——”老四两根大拇指碰了一下，做了一个“kiss”的手势。

大勇倒吓了一跳："当然没有！手都没拉过呢。"

"那后来呢，有没有约下次？"老大问。

"这倒没有，"大勇说，"不过一定会有下次的，还会有下下次，再下次，订婚，结婚……"

"为什么？"

大勇又傻笑起来："因为……因为那些玫瑰花出现了。"老大和老四莫名其妙，只有我明白他的意思：玫瑰花的出现，就意味着在这条历史分支中，他和沈琪将终成眷属。

我躺在黑暗中，心里不知什么滋味。

七

那天晚上我做了一个梦，梦见我变成了大勇，和沈琪面对面坐着说话，倾谈，一起并肩在校园的林荫道上走着，说笑着……她似乎就在我身边，又恍兮惚兮，遥不可及。夜里醒来，我发现自己的眼眶湿了。我擦了擦眼睛，又蒙眬睡去。

第二天，大勇一早就把我拉起来。"干什么！"我嘟囔着说，"昨天那么晚才睡……"

"老琛，有事跟你商量！"他显然还沉浸在昨晚的兴奋中，不理会我的抗议，把我从床上拉下来。我无奈地披上衣服，跟他出去了。

大勇拉着我一边往没人的地方走，一边喋喋不休地说："老琛，我把事情想得太复杂了，以为他们会用什么不可思议的高科技手段。其实很简单，他们只要穿到我们的时空来买下那些花就可以了，自然不用暴露自己。还记得我昨天说的费米悖论么？也许答案就这么简单，未来人就在我们身边，但我们认不出……”

“也许吧。”我打了个哈欠，懒得和他做这种无聊的讨论。

大勇没觉出我的冷淡，还继续絮絮叨叨：“我想了整整一晚上。你说，我下次什么时候再约沈琪比较好？我觉得她对我也不讨厌，我还是挺有戏的。不行的话，就再写封信给我那些后代，让他们想想法子。所谓帮忙帮到底，送佛送到西——”

我听得心烦意乱，猛然停住，从兜里摸出一张纸条塞到他手里。大勇莫名其妙地打开纸条：“这是什么？”

“‘花解语’花店的收据，”我说，“玫瑰呢正好他们促销，打了个五折，一朵两块，我还价到一块八，他们不干，不过好说歹说，另外便宜给了我三百根小蜡烛，我就一起买下来了。加上送货费，一共两千零五十七块。你每个月还我一百五，两年之内差不多能还清。实在不行的话，毕业以后再还好了。”

“你不会是说……那些玫瑰……难不成是你……”

“废话，不是我是谁？”我没好气地说，“你真以为会有未来人穿越时空来帮你？要来他们七点半就来了！干吗等到九点？我是看你站在那里出洋相，实在不忍心，才帮你一把。这是我妈刚给我寄的两个月的生活费！我还不知道下个月怎么吃饭呢！”

“那什么戴面纱的中年女士……”

“中年女士个头，都是我让店员瞎掰的，我不想影响你昨天的心情，所以今天才告诉你。”

大勇抓着我的手，热泪盈眶：“老琛，我……我真没想到……原来是你……”

“行了，”我大度地挥挥手，“感谢的话也别多说了。兄弟一场，事到临头能不帮你吗？不过你可得想明白，下次再有这种事，我也帮不了你，至于什么未来后代，就别指望了吧！”

“我明白了，我明白了，”大勇喃喃说，“原来是这样，这下全明白了……”

“明白就好……”我如释重负，可看他神色有些古怪，忍不住又问，“不对，你明白什么了你？”

“我明白了，说不定你……就是我未来的后代……”

“去你的！”我没好气地说，“老子花大钱帮你，你还占我便宜？”

“不，我不是这意思，我是说，你就是我未来的后代找的人，也许他们——在这里。”他指着我的脑袋说。

“你说什么呢？”我完全莫名其妙。

“我说未来人！”大勇激动地说，“他们来了，他们以一种我们根本没想到的方式来了。他们当然不会从天上掉下来，从什么时间机器里钻出来，这些太肤浅了，太低级了，太没有想象力。有了不可思议的超级技术，他们完全没有必要这么做。就跟我们发射侦察卫星，不需要人亲自上去看一样。想想吧，如果要‘回到’过去，用什么方式最方便？他们只需要在这里——做一点儿小小的手脚——”

我隐隐明白了他的意思，只觉得一股冷气从脚底升起，浑身开始有毛骨悚然的感觉。

“你不会是说——”

“你为什么会去买那些玫瑰？”

“我……”我一时张口结舌。

“老琛，咱们是好哥们，但说实话，你不是这么冲动的人。上次吃饭，你和老四还因为十块钱的账争了半天。你怎么会突然为我花那么多钱？那也是你自己的生活费啊！何况你一直觉得，我和沈琪不会有结果。那这些钱不都是白费吗？”

“那……那不是一回事。我就是当时看你站在哪里，我想……我一时不忍心……正好看到门口有一家花店打五折……”我解释着，不知怎么却觉得力不从心。

“如果不打折，你就不会买吗？”

“那……当然……”我勉强说，心理却也不自信。说真的，当时确实感受到一股冲动，如果这些玫瑰根本不打折，我会不会仍然买下来去帮大勇？那还真说不好。

“老琛，我知道他们来了！”大勇兴奋地说，“但他们不在我们身边，而是在我们里面。或许他们以某种方式跨越时空，和我们的大脑皮层相连接，他们通过我们的眼睛看，通过我们的耳朵听，同时也能操纵我们的意识……”

“你……简直不可理喻。”我也有些火了，或许更多是对自己恼火，“我好心好意帮你，你倒说我被未来人操纵了？难不成这样就不用还钱了？”

“不不，钱我当然会还给你，”大勇说，“我只是想搞清楚是怎么回事。”

“听着，你这完全解释不通。”我想了想说，“如果未来人能够通过远程操纵主宰我们的脑活动的话，为什么要这样曲里拐弯，让我去买什么花？他们直接让沈琪对你投怀送抱不就行了？”

“那未免改变太多了，”大勇说，“这可能需要更大的能量，或者会对当事人的思维造成什么负面影响……具体我也不知道，但对于你，你本来就想帮我，可能只需要在原来的心理基础上轻轻推一小步就可以了。这是最有效率的方法。”

“你这完全是多余的假设！”我反驳说，“用奥卡姆剃刀就能剃掉了，没有任何方法可以证明这不是我个人的意志，而要外加一个外在的力量。”

“也许吧。”大勇叹了口气，“不过还有一种方法可以间接证明……”

“什么方法？”

“未来，我和沈琪有没有未来。”

我明白了他的逻辑，如果这只是我一时冲动，当然不会创造什么历史，只能泛起一时的涟漪。沈琪说到底还是不可能和大勇在一起。但如果真是大勇的后代通过什么神秘的方式操纵了我的意识，那么这一束花必将改变一切。大勇和沈琪将成为幸福的一对。

无论怎么说，结果很快就会见分晓的。

八

看起来，历史正在向大勇所期待的方向发展，窦乐乐的断言落空了。

以后的一个月里，沈琪和大勇虽然谈不上确定关系，但沈琪对他显然已经从恶感转为好感，他们又约会了一两次。沈琪偶尔也来我们宿舍坐一下。大家渐渐熟络起来，沈琪还组织了一次宿舍联谊，我们宿舍和她们宿舍一起去郊游了一次，晚上还去唱歌，玩儿得很开心。老大老四他们啧啧称奇，对大勇带来如此福利感激涕零。路上偶尔碰到李佳、孙凯等人，一个个对我们怒目而视，恨不得把大勇吃了。

本来我是设法撮合他们，可看到沈琪和大勇歪打正着，真的渐渐接近了，我心里又有些空荡荡的。特别想到自己说不定是被未来人操纵，当了他们的媒人，更觉得不是滋味。两周后，在食堂里偶然碰见窦乐乐，顺便就坐一起吃饭。她问我姜大勇和沈琪的进展，我不是很想提这个话题，简略说了几句。然后聊各自的专业。窦乐乐的学年论文做的是彗星轨道问题。她告诉我，其实流星雨是进入大气层的彗星碎片造成的。彗星每次接近近日点，就会因为受热而分解出一些碎片，散布在其轨道上。当地球每年穿过它们的轨道时，就会定期出现流星雨的现象。

我忽然灵光一现，想到一个以前一直忽略的问题："对了，那天上什么时候有火流星划过呢？就是那种特别大，特别亮，像在燃烧一样的流星。"

"这不好说，没有一定的规律。"窦乐乐沉吟说，"不过火流星都是较大的流星体造成的，是天文观测的重要对象。北京正在建设一个火流星监测网，在北京周边有六个站点，对火流星以及一般的流星都有记录。"

"流星都能拍下来吗？"

"当然了，我去那参观过。用的是高灵敏度的微光监测摄像头，上面还添加了类似单反相机的镜头，能够控制焦距。每个摄像头负责的区域只有天空的六分之一，但六台同时运转，可以拍到整个天空，北京一带出现的流星都逃不过它的法眼。"窦乐乐如数家珍。

"那太好了！"我说，"我想查查某时某处天上出现的一颗火流星，可以吗？"

"应该行吧。我有一个师兄是搞这个的，可以问问他，不过你要查流星干什么？"

"这个……"我有点儿尴尬，知道跟她说真话她也不会信，"我那天看到一颗火流星，特别亮、特别美，想知道是属于什么类型的。”

窦乐乐有点儿疑惑地看着我，大概觉得这理由有点儿牵强，不过最后还是答应了。我们相互留了手机号。

我回去后根据回忆，在网上查了一下星图，然后打电话告诉窦乐乐，是 5 月 19 日晚上七点半左右，在东南方向，大概是从室女座到长蛇座的天区。

窦乐乐第二天打电话告诉我，一定出了什么问题，那天没有任何火流星的记录，第二天凌晨倒是有一颗，可时间、方位又完全不一样，不可能是我说的那颗。

我倒抽一口冷气，向她道了谢之后，挂上电话，心乱如麻，理不出头绪。

没有观测到火流星！那是怎么回事？可当时那划过天空夺目异常的流光炫彩，我绝不会看错。

但显然，六个站点的监测网的数据更不会错。如果有什么东西出错，那么只可能是我的眼睛出了错。为什么眼睛会出错？难道真的是我的意识被入侵的表征？

又或者只是一时眼花。我想，也许就是眼冒金星，不能被大勇那套给整晕了。或许这些事情本来毫无关系。

但大勇的理论至少到目前还是能自圆其说的。那些我们未来的后裔，他们确实不用冒着被发现的危险和麻烦亲自坐时空机器来到我们的时空，只需要通过某种远程操纵的手段，微微作用于大脑的电化学活动，改变我们的一点点意识就可以了。

但是，如果他们曾经改变了我的意识，那么也会改变其他人的。但有这样的证据吗？我苦笑了一下，还是奥卡姆剃刀。即使人们的意识被改变了，你也不会知道，因为你永远无法区分这是他们自发的决定，还是意识被改变的结果。

但或许……并非没有蛛丝马迹可循。

我想起了以前和大勇的一段对话：

——如果因为你这种小事就要劳烦未来人来的话，那以前什么世界大战、导弹危机、刺杀政变，未来人早就不知道来了多少次了！

——或许他们的确以某种方式来了不知道多少次，只是非常隐蔽，我们没发现而已。

我忽然想到历史上发生的一些重大事件，那些影响历史的关键人物，某些时候忽然会一反常态，做出一些匪夷所思的举动，而对历史产生不可估量的巨大影响。以前读过的书上的内容都一一浮出脑海：

荆轲，燕太子丹千方百计找来的名剑客，费尽千辛万苦混进秦国王宫，最后图穷匕见，拿着匕首刺向手无寸铁的秦王嬴政，却不知为何表现拙劣，追了半天也伤不到嬴政分毫，最后掷出的匕首也失了准头，反倒被嬴政拔出佩剑刺死。如果不是这样，日后的秦汉、三国……或许根本不会出现。

尤利乌斯·恺撒，古罗马共和国末期的统治者，共和派阴谋刺杀他。他遇刺前曾接到过多次警报，加上身体不舒服，决定取消去元老院参加会议。但却无端临时改变主意，异常大意地孤身前往元老院，结果被乱刀扎死，罗马政局大乱，影响深远之极。

滑铁卢会战。1815 年，在拿破仑和威灵顿公爵在滑铁卢决战时，他的忠实干将格鲁希元帅带着一支可观的军队在不远处追击普军。格鲁希麾下的几乎所有军官都苦苦哀求他立刻去滑铁卢和拿破仑会合，或至少分出一部分军队前往增援，但格鲁希愚蠢地都拒绝了，将一场唾手可得的胜利变成惨败，也葬送了拿破仑帝国。

古巴导弹危机。1962 年，美苏大军在古巴海域对峙，剑拔弩张。

一艘苏联核潜艇受到美军炸弹攻击，以为核战一触即发。舰长决定发射核导弹，其他船员也都同意，但大副却拼命反对，才阻止了一次迫在眉睫的核战争。就在同一天，一架美国侦察机在古巴上空被一枚时空导弹击中坠毁，肯尼迪总统事先警告过在这种情况下必将开战，但不知为何，却又改变主意，寻求和平解决，终于化解了这场可能毁灭世界的危机。

……

这类事件为数不少，更不用说其他著名的怪梦、异象、幻听之类，不胜枚举。只是我从未想过背后的原因。毕竟历史总是充满了各种偶然和错误，这些看起来也并不很出奇。但这些事件中任何一件，如果不是当事人多少有些反常的举动，都会给世界带来翻天覆地的变化。我们将生活在一个完全不同的世界里。

或者说，我们本来就生活在一个早已被改变的世界里。

时间旅行上的费米悖论：为什么我们从来见不到来自未来的时间旅行者？也许答案就是，那些未来人，他们根本不需要亲自到来，但用某种方式可以跨时空连接我们的大脑，正如一台电脑远程控制另一台电脑。他们可以通过我们的感官去感知过去的世界，也可以在某种程度上神不知鬼不觉地改变我们的意识、左右我们的行为……

那么我们这个世界，在何种程度上已经被来自未来的力量所渗透了？是否我们的整个世界，在某种意义上只是未来那些人，或者毋宁说“超人”的游戏？

把这个逻辑推到极点，出现的世界图景是极为可怖的。被改变的，或许不只是人类历史。

或许在更早，更远古，远在任何历史时代之前。在第一个原始人走出非洲裂谷，第一个猿人从树上下来的时候，第一只总鳍鱼爬上海

滩的那一刻……它们的举动已经是被来自未来的力量所左右的。或许那样的力量改造了整个生物进化史，而我们看到的，其实连冰山一角都算不上。

改造？不，或许整个世界都是他们所创造的，而恰恰是从这个被他们所创造的世界，出现了他们自己。

一个循环的因果链条。看上去这是一个悖论，但或许只是因为，我们生活的线性因果联系本身就只是脆弱的表象，只是局部的时空现象。正如在大地上任何地方，看到的大地都是一个平面，古人也无法理解大地的全貌是一个球体……或许世界本身、宇宙本身就在这种因果回环中循环着，无始无终，无头无尾，自满自足。又或许在无穷多可能的历史分支中，有无尽的因果循环、无穷多的可能宇宙……

或许不是他们，而是某一个祂，宇宙尽头的某个最终的观察者和游戏者。“时间是一个掷骰子的儿童，儿童掌握着王权。”这是哪位哲人的话？想不起来，但这话令我毛骨悚然。

九

这些想法让我很不舒服，没人喜欢自己的意识被操纵的感觉。但这种可能性既无法证实，又无法摆脱。直到那一天——

六月中旬，学期末到了，天气也渐渐炎热。那天晚上，大勇说约了沈琪，打算今晚“定下来”，七点多就在我们艳羡的目光中出门了。到了十一点多，我忽然接到窦乐乐的电话，说看到大勇倒在校外的路边，好像喝得烂醉的样子。

我忙跑下楼去，骑车到了窦乐乐说的地方。果然看到窦乐乐远远在跟我招手，我到了跟前，下了车，发现大勇躺在路边一张长椅上，浑身酒气，地下都是秽臭之极的呕吐物。

“他怎么了？”

“我也不知道……”窦乐乐摇头说，“我晚上上完英语班经过这里，就看到他倒在地上，吐了一地，好不容易把他扶到椅子上，想叫出租车，可也不知道你们具体住在哪，而且我自己也搬不动他，所以只好叫你过来了，他……没事吧？”看得出她挺关心大勇。

我向她道谢。又俯身问大勇：“大勇，你怎么了？怎么喝成这样？”大勇是北方汉子，平时偶尔也喝酒，但从来没醉成这样的。

大勇睁开眼睛，依稀看到了我，忽然一把抓住我的衣领，脸涨得通红：“你为什么……要买那些……那些花？”

“你说什么啊？”

“你买了那些玫瑰……给了我希望，我还以为……结果到头来……到头来……”他含糊不清地说着。

“那不都是未来人影响我的意识，你忘了吗？”

这段时间，我每天琢磨这事，越想越觉得真确，潜意识里已经把这当作事实了。谁知大勇却神经质地狂笑起来：“哈哈哈，未来人，跨越时间……我他妈真是个精神病！狗屁，这些都是狗屁！”

然后他“呜呜”地哭了起来，我从来没见过一个大男人能哭得那么伤心，简直是号啕大哭。我隐隐猜出了几分端倪：“是不是沈琪……她跟你说了什么？你们——”

“说了，什么都说了！哈哈哈！”大勇又是哭又是笑，引得路人侧目，我忙让窦乐乐去叫辆出租车。大勇一边笑，一边指着我说：“你知不知道……因为那些玫瑰，沈琪她根本就瞧不起我？她从心底就看不上我。我在她心里本来是零分，现在都变成负分了，我还一厢情愿地以为她开始喜欢我了……哈哈哈……”

“怎么会呢？你买了那么多玫瑰给她……”

“她说我不该打肿脸充胖子……明明没钱，还……还乱花朋友的钱……害得你连饭都吃不上……”

“咳，你跟她提这茬干吗？”

“不是我说的……她……她都看见了……”

“啊？”

“那天，她从楼上都看见了……看见那个送货的在后面跟你挥手，你也跟他点头……”

我心里“咯噔”一下，当时确实不动声色地跟送货员打了个招呼，但想不到都给沈琪瞧在眼里，并在心里对大勇有了成见。

“后来她慢慢套我话……我本来还以为她什么都不知道……还在吹牛……说自己接了个活赚了不少钱……结果让她揭穿了……我真是个傻瓜啊！”

“可还是没理由啊！”我纳闷地说，“沈琪她不是对你挺好的吗？约会也挺顺利，前几天我们不还一起宿舍联谊吗？”

大勇忽然怒目圆睁，咬牙切齿地抓住了我的衣领，把我拽向他耳边。

“你知不知道，”他一字一顿地说，“沈琪为什么到我们宿舍来？”

“不是因为你吗？”

“因为我？哈哈哈……”他怪笑起来，“你又知不知道……她和我说得最多的是什么话题？”

“你俩说啥我哪知道？”我越来越感到莫名其妙。

“你真的……什么都不知道？”

“真不知道！”

“是，你！”大勇从牙缝里蹦出两个字，然后松开了手，似乎耗尽了一切力量。

“你说……说……什么？”我不敢相信自己的耳朵。

“是你，许琛。从头到尾都是你。”

我一颗心狂跳起来，似乎一个瞎了很久的人忽然复明，一下子被光明吓住了，踉跄退了几步，什么话也说不出来。

大勇看着我，我也看着他。我张了张嘴，似乎有千言万语，却又无从说起。

“车叫来了！”这时候窦乐乐跑过来说，我们无言地扶起大勇，把他搀进出租车里。我告诉了司机地址，出租车向燕大开去。我又给老大打了电话，他和老四从楼上下来，一起把大勇扶进楼。窦乐乐下了车以后，嘱咐我们好好照顾大勇，然后跟我们告别。我们把大勇弄进了房间，帮他脱了鞋，让他躺在床上。

整个过程中，大勇仍然半清醒着，睁着眼睛，但再没有说过一句话，也没有再哭笑。我也没有再说话。

“大勇，你休息一下，我……还得去拿自行车。”我不敢看他，转过头嗫嚅着说，“其他的事——”

“去找她吧。”

“什么？”我蓦然回头，大勇没有看我，扭头向着床里，好像话不是从他嘴里出来的一样。

“大勇，我——”我心里一团乱糟糟的，不知下面说什么好。

大勇没有再说话。我们尴尬地僵在那里，老大和老四莫名其妙地看着我们，好像觉出了什么，又不便多问。

不知过了多久，我缓缓起身，出了房门。在跨出房门的那一刹，我清楚地知道我和大勇的兄弟情谊再回不到从前了。

当然就算我不出去，也是一样。

我步行着向校门走去，今天是阴天，没有星星。学期末到了，路上经过的行人大都在说什么考试、工作、毕业的事。想起前一阵我胡思乱想的什么时间穿越，什么远程控制大脑，简直像梦话一样可笑。如今，该回到现实世界了。

这才是生活，我们一团糟糕的生活。我想，谁也不知道未来它会变成什么样子。

十

来到长椅前，我苦笑了一下，刚才乱成一锅粥，忘了锁车，自行车早已不翼而飞。我不死心地左右望了一圈，根本没看到车的影子。

我骂了两声，不过现在也没心思管什么自行车了，只觉得心里乱糟糟的，思绪万千，又理不出一个头绪。站在马路边，望着如时间之河般穿梭不息的车流，惘然若失。

那些理论都是妄想，我想，没有什么是预先注定的，也没有谁会来帮你。我们这些在欲海情天中挣扎的凡人，仍然必须自己决定如何抉择、如何生活、如何去——爱。

想到最后这个字的时候，我的心颤抖了起来。

“大哥哥，买枝花吗？送给喜欢的姐姐吧。”

我讶然转身，发现一个十二三岁的小女孩，拿着一支玫瑰，可怜巴巴地看着我，又补充了一句“这是最后一支了。”

我有些不忍："多少钱？"

"四块。"

我摸了半天口袋，只掏出一堆钢镚，数来数去只有两块六，只得向她歉然一笑："对不起，哥哥的钱不够……"

小女孩想了想，从我手心把钱抓走，然后把那支玫瑰放在我手上。我看到，那是一支含苞未放的玫瑰，只有一个花骨朵。

"还没开花，便宜点给你了。"小女孩说完，转身走了。

我看着那支玫瑰，有些啼笑皆非，我要一支没有开花的玫瑰干什么？而且看上去已经有点儿蔫了，也许它等不到开花就会死去，没有人知道它的存在——正如我自己的爱情一样。

我的爱情。

承认吧，许琛。好像心底有一个声音在对我说，承认吧，你心里的那个秘密。

沈琪。

是的，沈琪。我喜欢沈琪。从开学第一天见到她起，直到现在。一直是。每一天都是。

我忽然明白了很多事，我是一个懦夫，虽然早就喜欢沈琪，但一直对自己毫无信心。我怕失败，怕丢脸，从不敢承认自己的感情，只会跟着老大老四他们嘴上起哄，或者出主意怂恿别人去追沈琪，仔细想想，我难道不是一直把大勇当成自己的替身么？我明知道沈琪对大勇没意思，但我虽然口头劝诫几句，却仍然一次又一次地给他出主意，甚至帮他买下那么多玫瑰，我潜意识里难道不是希望大勇代我去表白、去约会吗？但大勇真的和沈琪有发展了，我又无法接受……

但大勇是真正的勇士，他可以碰得头破血流而依然无怨无悔，而我呢？我算什么？我又在干什么啊？

手心一阵刺痛，让我清醒了几分。我在不知不觉中攥紧了那支玫瑰，被玫瑰的刺扎到了。玫瑰的刺，我想，这就是爱的代价。如果害怕受伤，永远无法真正抓住那朵玫瑰，最后只有更受伤。

那一刹那,我忽然知道自己该做什么了。我深吸了一口气,转过身,大步流星向学校走去。

来到女生楼前，已经是凌晨一点半了。女生宿舍都熄灯了，站在小喷泉前，我好不容易鼓起的勇气再次消逝。也许大勇根本就是喝醉了瞎说，沈琪对我能有什么呢？我站在这里，又能等到什么呢？难道还有人帮我送玫瑰来不成?

我不敢大声叫沈琪，也不愿就这样离去，只有傻傻地站在那里，凝望着沈琪的窗口，好像变成了一棵树。周围一片静谧，只有喷泉在路灯下吐着幽幽的水光，水声汩汩响着，如同时间的流逝，不舍昼夜，带走人类的一切徒劳。

我站在那里，想着和沈琪之间不多的点滴往事。我惊讶地发现自己居然一直把这些琐碎小事放在心底：开学那天，我们一先一后报到的，我自告奋勇帮她提行李，结果不慎反而把她的箱子摔了，出尽洋相……

大二有一次路上遇见，她问我要不要加入话剧社，我也跃跃欲试，但是到了话剧社门口，看到她和李佳等几个帅哥谈笑风生，我又胆怯地没有进去……

去年大勇跟沈琪第一次表白，拉了我们哥几个去壮胆。我们在边上跟着起哄几句，结果沈琪狠狠瞪了我一眼，把大勇的情书撕得粉碎，扭头走了……

我是个傻瓜，世界上最傻的傻瓜。

我好像看到沈琪的窗帘动了一下,定神看去,又恢复了原状。错觉。

我自嘲地想。

一声轻响，楼门开了。

我木然转过头，看到一袭白衣裙翩然出现在门口，一双明澈的清眸深深地看着我。

那一刻，似乎时间凝固了。我就这样站在那里，痴痴地望着楼门口那个天使一样的女孩。不知过了多久，咚咚的心跳才提醒我，时间还在流逝。

沈琪微笑着，又有些腼腆，娉娉婷婷地走下台阶，一步步向我走来，每一步都如空谷回音般悠远，每一步都似乎要凌空飞去。走到离我大概还有三四米的地方，她停下了。我们在喷泉前面相对而立。一切如梦如幻。

“我……睡不着。在楼上看到你，所以我就下来了。”

“我……”我不知说什么好，好像喉咙都失去了应有的功能，终于想起来，将手中握着的玫瑰递给她，“送……送给你的。”

说完这句话我觉得自己傻极了，沈琪可是动不动就收到几百支上千支玫瑰的主，我这一支还没有开花的……太寒酸了。

“你知道九百九十九朵玫瑰象征着什么？”沈琪没有接过那支玫瑰，却低着头，说了一句奇怪的话。

我茫然摇了摇头。

“象征着天长地久。”沈琪轻轻地说。

当然了，九九九，天长地久。永恒的时间。我想。时间，还是时间。

“但是我其实并不喜欢，你知道为什么吗？”

“为什么？”我傻傻地问。

“因为，”沈琪抬起头，带着狡黠的笑意看着我，停了停才说，“少了最重要的一朵。”她从我手里轻轻抽过那支玫瑰：“如果没有它，天长地久也没有意义。”

她隔着玻璃纸轻轻抚摸着那朵玫瑰，“很漂亮呢，谢谢。”低头嗅了嗅。

我向她手中看去，顿时惊奇地瞪大了眼睛，那支玫瑰正在怒放，每一片花瓣都完全舒展开来，层层相衬着，娇艳欲滴。这怎么可能？刚才它不是还——

还没等我反应过来，沈琪已经仰头望着夜空：“今夜的星星好美呵。”她赞叹说。

我跟随者她的目光，向天上看去，真的，乌云不知何时已经散去，正当夏初，繁星密布，璀璨的银河横贯夜空，夏季大三角熠熠生辉。一颗流星闪着耀眼的光芒，从天顶一闪即逝。

“啊，流星——”沈琪说，“又飞走了。讨厌，还来不及许愿呢！”

流星！我一霎间醍醐灌顶，仿佛明白了什么。

我和大勇，或许我们都错了，时间的秘密比我们想象得更为深奥，更不可思议。

我是我，又不是我。我是远古恒星燃烧的余烬，是亿万年生命进化的产物，也是未来无尽岁月凝望的窗口，我就是我自己未来的遥远后裔，他们一直和我在一起，从时间的尽头而来，沉淀在我意识的深底。我是时间的起点，也是时间的终点。

不只是我，沈琪，姜大勇……我们每个人，地球上的每一个人都是。我们不是无尽时光中转眼即逝的一朵浪花，也不只是因果链条上的普通一环，我们是开始，也是结束，我们是种子，也是果实，我们是过程，也是结果，我们是过去未来一切时空的纠缠，正如因陀罗网上的每一颗宝珠，都反映出其他无数珠子。正如每一朵玫瑰，都和其他玫瑰交叠在一起，映照出永恒玫瑰之理念。

但我们仍然是自己，百分之一百的自己。我们的爱与友谊，青春与热情，可笑与笨拙，真实不虚。而唯有凝聚了过去未来无数时间的自己，才是我们最真实的自己。

我们是时间自身，是那个掷骰子的儿童，每一个人都是……

“喂，你怎么不说话？”沈琪微嗔着，“我都下来了，没话跟我说吗？”

我福至心灵，深深吸了一口气，转向那对昔日在梦里才敢正视的眼睛：“下一颗流星，我们一起许愿吧！”

“下一颗？那得等到什么时候啊？”

我下定决心，抬起手臂，指向天空，如同在向天地宇宙、向无尽的时间发出号令：“让我试试看。来吧，流星。”我决然地说，然后闭上了眼睛——

有那么一秒钟，或者五秒钟，或者十秒钟，仍然一片安静，除了水声，什么也没有。然后——

我听到了沈琪轻轻的惊呼声。

我睁开眼睛，看到一颗光华灿烂的火流星从眼前划过，穿过银河，坠向天边。

然后是另一颗流星，跟在它的后面，同样光芒夺目地划过天穹。

然后是第三颗、第四颗、第五颗……一颗比一颗明亮，一颗比一颗绚烂，它们汇成壮丽的流星雨，穿过夜空浩瀚的繁星之海，穿过不知多少世纪的无尽时空，带着我们这个时代无法理解的神秘，坠入我们的脑海。

就这样，在那个深夜，我和沈琪两个人，我们一起坐在喷泉边，看到了那场只有我们两个人才看得到的流星雨。然后我们在夏夜的星空下喁喁细语，直到天明。

遥远未来的后裔们，这就是我和你们的祖奶奶开始第一次约会的故事。下次我再告诉你们，姜大勇爷爷和窦乐乐奶奶怎么在一起的故事吧，那也是一个甜蜜的故事。当然，或许你们早已知道了，不是吗？

无论如何，谢谢你们。

作者附记：

这是一个在双重意义上怀旧的故事。整个故事都是从一个老套的思想实验出发的：如果时间旅行是可能的话，那么我们以某种方式约定未来人在某时某刻出现在我面前，他们会出现吗？能否以此证明时间旅行的可能性呢？科幻爱好者对此大概都耳熟能详。但这个故事追求的不是新颖，只是尽可能深地投入到这种可能性的生活中，尽可能地感受这种生活的可能性。

当然，对于作者来说，还有那逝去不久的青春和那些或温馨或感伤的回忆。对于时间旅行和青春记忆，时间的秘密是二者永恒的主角，也许二者是一回事。

写这篇文字，是受到罗伯特·威尔森（Robert C. Wilson）很大的启发，他能够在平淡琐屑的日常生活中挖掘出最奇谲不可思议的科幻意境，有时候这比直接描写宇宙太空更令人悠然神往。阅读他的作品是一种非常奇妙的阅读体验。故事最后那场流星雨，也是向他的《英仙座流星雨》致敬。

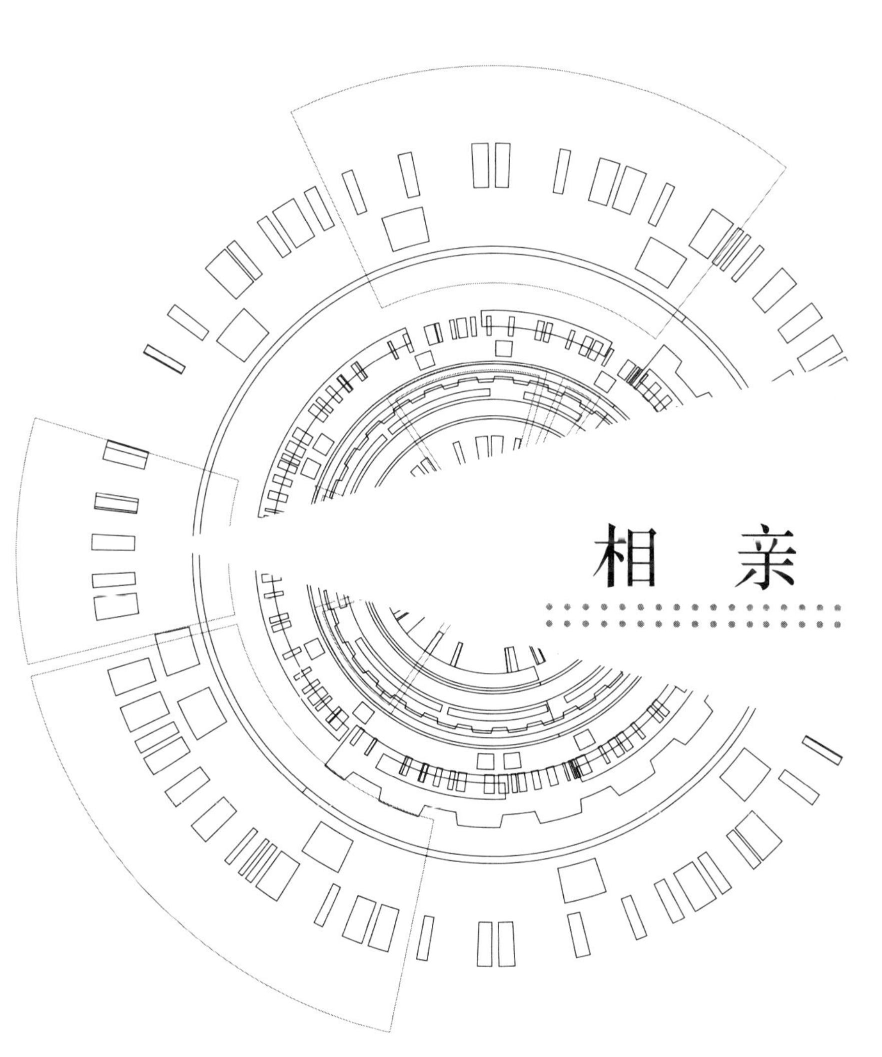

相　亲

她就坐在我对面，如瀑的长发映衬着洁白的脸蛋，微低着头，嘴角露出腼腆的微笑。她不时抬起眼皮看我一眼，当我的视线偶尔和这对明眸碰在一起，她双颊会泛起一片羞涩的晕红。

看到她，我对老妈的怒火顿时无影无踪，但更快又被深深的自卑所取代。我知道这必然是一场毫无希望的约会，甚至比之前的更没有希望。

故事老得掉牙：老爸给我打电话，说我妈病了，高烧起不来床，催我回来看她。当我回家的时候，却看到她老人家红光满面地来开门。我立刻明白是怎么回事，气得扭头要走。老妈一把拽住我，好说歹说，硬把我留下，我像个木偶一样，被爸妈按住梳洗打扮一番之后，就被带来了这地方，参加我的第三十二次相亲。

但这次还真是和以前不同。从餐厅的规格就可以看出，此刻我们正在未来大厦顶层一千二百米高的旋转餐厅里，俯视着脚下这座灯火辉煌的大都市，面前各摆着一份法式鹅肝煎羊排和42年的红酒。这里是女方订的，通过刚才的寒暄，我知道了她叫秦娜，父亲是有声望的律师，母亲是大学教师，而她本人也刚刚获得名牌大学的文学博士学位，毫无疑问处于社会的顶端。这和我寒酸的普通家庭出身已经拉开了距离，我不禁好奇地想，是什么让这位美女同意和我这样其貌不扬的大龄青年相亲的。

但仔细想想，这也不奇怪，高学历兼出众的美貌，高不成低不就，让她加入了剩女一族，年近三十，想必她父母和我爸妈一样着急，双方家长病急乱投医中，我们就这样坐在了彼此对面。或许，或许我有机会和她发展……

不，不可能，这是不可能的。因为与生俱来的缺陷，这一切最终和之前的三十一次相亲不会有什么区别，投入太多只会伤害自己。我无奈地提醒自己。

因为我是一个F级基因者，这是烙在我每一个细胞最深处、无法摆脱的贱民标志。

我身高 1.82 米，体重 70 千克，身体健康，长得也不赖。虽然谈不上聪明绝顶，好歹也拿了一张大学毕业文凭和建筑师资格证，在公司里也做出了一点儿业绩。从各方面看，我都是一个不错的小伙子，除了在最重要的那一方面：构成我之为我最根本的要素，有无法挽救的缺陷。虽然在平时它对我毫无影响，但是在今天这样的场合，却仿佛有一个声音，在我耳边强制提醒我这些我不愿想起的知识：

人类以及几乎所有动植物的基因主要由脱氧核糖核酸即 DNA 构成，基本结构是两条相互缠绕的分子链条，每条链条都由腺嘌呤、鸟嘌呤、胞嘧啶和胸腺嘧啶四种不同碱基组成，其中腺嘌呤和胸腺嘧啶、鸟嘌呤和胞嘧啶分别通过氢键结合，构成碱基对，这些不同的碱基对，就是 DNA 双螺旋链条最基本的组成单位。生物遗传的秘密，就在这些碱基对长达 30 亿位的排列之中，它们决定了生物发育的一切性状和细节。

早在半世纪之前的 21 世纪初期，人类就基本完成了人的基因组测序，测定了人类遗传基因中的全部碱基对，此后很快进一步应用于个体，只要花一小笔钱，每个人都可以巨细无遗地知道自己的全部基因序列。但这些序列并非都有用，其中大部分是无用的信息，是进化史产生的冗余，当时还无法确切知道是哪些基因控制哪些性状。这些密码在之后的几十年中被一一破译。借助软件分析这些数据，可以很容易地看出一个人在正常发育情况下的容貌、肤色、身高、健康程度，容易得哪些疾病，甚至有没有心理变态倾向等。

人的遗传基因有优劣之分，这是甚至在 DNA 被发现之前就早已知道的。但这个时代的进步在于，人类能够精确地量化把握每个人的基因，并通过电脑程序加以评估。不幸的是，虽然我现在健健康康，没病没灾，但基因却在正态分布曲线上却属于最差的 15%，在评级上是 F 级。基本上在相亲时，只要我亮出自己的基因评估表，这场约会就泡汤了……

“对了，林先生，你平常都喜欢做什么呢？”我正心不在焉，秦娜娇怯怯地问。

既然已经不抱什么希望，我就把老妈谆谆教导的那套说辞都抛诸脑后，既不说自己喜欢读书或者听古典音乐，更不说打高尔夫球之类的，想说什么说什么。我毫无优雅仪态地将红酒一口干掉，轻松地一笑，说：“我这人没什么追求，就喜欢玩 VR 游戏，比如《太空大战》……”

“哦？是哪个太空站？”秦娜眼睛一亮，似乎颇感兴趣。

看来我们还真是两个世界的人，我想。“不，不是太空站，”我说，“是《太空大战》，一款流行的虚拟现实游戏——”

“我知道，”秦娜却打断我，“我是问你，游戏里你打到哪个站了？是小行星站，还是木星站，或者天王星站？”

我有些吃惊地看着她：“哦，是海王星站，你也玩这个？”

“海王星站？”秦娜眉飞色舞地说，“我记得那里的巨章鱼特别难打，对不对？”

“是啊，”我说，“每次斩了它一只触手又长出另一只来了，怎么杀也杀不死，真烦。”

“这有个窍门，你可以同时放电离炮和冰冻波束，”秦娜说，“不过具体操作有点儿复杂……回头有机会咱们切磋一下。”

就这样，我们居然聊到了投机的话题。秦娜也是一个虚拟现实游戏的爱好者，《太空大战》已经打到了奥尔特云站，把那些外星战舰打得落花流水。说到高兴之处，不由口若悬河，手舞足蹈，比比画画，一扫刚才的腼腆羞怯。

而我们在其他方面，共同爱好也不少，比如我们都爱野营和登山，还有都喜欢看何慈康的小说，甚至都喜欢养德国牧羊犬……天，她真是我一直梦想中的女孩！

但是……

但是时间飞快流逝，谈话也渐渐进入正轨——上的什么大学，在哪里工作，将来有什么计划，等等，虽然这些方面我自信还可以一说，但我知道，最终还得拿出那张表格来，当然，就算不拿出来结果也是一样，甚至更糟。

和其他人一样，从小我就做了基因评估，以制订最佳保健方案，对可能的遗传病防患于未然。一个人的基因属于个人隐私，你有权保持秘密。国家明文规定，任何学校和单位绝不能因为这一点而歧视你，所以在求学和就业时我倒并没有受什么阻碍。但是私人关系就是另一回事了，在恋爱中，对方当然可以要求知道你的基因。

由于法律和伦理上的严峻问题，各国都严禁用人为手段进行基因改造和优化生育，因此即使有先进的基因技术，人类的传宗接代还是以传统方式进行。只不过现在人们已经知道了自己的后代可能是什么样子的——当然都由男女双方的基因决定。

对 A 级和 B 级基因者来说，这是很大的优势，他们会主动公开自己的基因，就像公孔雀炫耀自己的美丽尾羽，这也迫使其他人出示自己的基因。C、D 级基因者处于中流，他们公开基因也没有太大的压力，最后只剩下最下面的 E、F 和 G 级，说不说也就没什么区别了，你不愿告诉对方，人家自然更知道你是劣质基因者。

当然，这事我可以拖到第二次或者第三次约会再说，但是那又有什么区别？拖得越长，痛苦越大，还不如早死早投胎。

“对了，这是我的基因评估结果，也许你可以参考一下……”我下定决心，找了个间隙拿出了一张电子表格，递给秦娜。

秦娜有些意外地看了我一眼，但仍然把表格接了过去。扫了一眼，随口说：“挺不错啊。”又还给我。

挺不错？我有些意外，怎么会不错？我接过表格，打开来看了一眼，自己也吓了一跳，评级一栏上赫然是 C 级！这……难道不是我的结果？

表格是老妈在出门时塞给我的，平常一直都是她保管，我也没多看，但想不到她居然胆大到偷换了一份！难怪她今天有些话欲言又止……我好奇地检视着，上面密密麻麻有很多数据，我看不太懂，但作为一个F级基因者，我比一般人总多了解一些，这张表格是一种特制的智能电子纸张，存储了我全部的30亿对碱基数据，还能够针对特殊的疾病和性状进行查询，上面千真万确是我的名字和身份，这究竟是怎么回事？每个人的DNA都是独一无二的，在政府部门有备案，表格上的资料也来自政府的数据库，很难伪造。难道是以前搞错了不成？

我查找了几个专门的单词，但是没有找到结果，看到的遗传病问题一般也就是糖尿病、癌症等常见遗传病问题的警告，可能性并不高，属于正常范围。我蓦然明白了老妈玩的是什么把戏：很简单，基因评级是民间自发进行的，政府不鼓励也不干预，因此同时往往并存着几种测评方式，这些都是合法的。老妈不知到哪里找了一家小公司，用社会主流已经淘汰的旧方法评估了一遍，按照旧评估法，我的基因等级并不低。事实上，我小时候从未觉得自己的基因有什么问题。但我上大学那年，研究者对基因的研究取得了新进展，特别是在本来认为的垃圾DNA中发现了若干和智力相关的重要基因片段，就是这种新的评估法，把我从普通人打成了等而下之的另类。

研究发现，在我的DNA编码上有一个隐匿的突变，会影响神经元突触小泡的发育，这个缺陷不会导致后代变成白痴或低能儿，但有一半的可能会抑制智力发展，使之止步于中等。当然，大部分人都智商平平，这没什么，但明知基因里有抑制智力的因素，就是另一回事了。这种基因是显性遗传，很可能影响我的后代。虽然可以通过教育和后天培养弥补改善，但先天的劣势无法回避。

“你怎么了？看什么呢？”秦娜一双妙目奇怪地盯着我。

我苦笑了一下，老妈钻了法律的空子，多半是怕我不配合才不跟我说，不过这有什么用？要知道，夫妇在婚前也要进行基因配对，咨询专门医师的意见，看彼此的基因组合是否可能产生出基因有问题的后代。瞒得了初一，瞒不了十五。

当然，只要能瞒得了初一也不错，至少我和秦娜可以交往一阵呢，也许她会爱上我，不计较这些，至少能让我好好恋爱一场，我真的，真的不想放弃和秦娜这样的好姑娘发展的机会……

我叹了一口气，勇敢地凝视着秦娜美丽的眼睛："对不起，这张表格弄错了，我其实……其实是F级基因。"

我最终还是过不了自己那关，把事实一五一十地告诉了秦娜。我庆幸老妈没看到这一幕，要不然非把我臭骂一顿不可。

"……就是这样，"我最后说，"所以，我之前的相亲都失败了，今天，我也不抱希望。如果你不……那个……我也能理解……"

秦娜没有拂袖而去，却给了我一个灿烂的微笑："没关系。"

"没关系？"我的心狂跳起来，难道她真的不嫌弃我吗？

"你看。"秦娜也从随身的包里拿出一张基因评估表格，递给我。我接过来，一个触目惊心的大"G"映入眼帘，我瞠目结舌，说不出话来。

"我是G级基因。"秦娜静静地说，"属于最差的5%，还不如你呢，之前我也相亲过好多次了，可每次都是失败。"

"可是这怎么可能？你明明应该是……"一般来说，社会上层的基因都不会差，特别是秦娜这种经过好几代人的优化组合的，从容貌上看就应该属于最优了。怎会是G级？

"我爸爸是A级，妈妈是B级，"秦娜黯然说，"但很不巧，他们一些不良基因都汇集在我身上，又发生了几点突变，对我自己并没有影响，但是评估结果就一落千丈了。医生说，这种情况不到万分之一的概率，可是却偏偏落在我的身上。"

"原来如此。"我恍然大悟，知道为什么这样优秀的女孩要来跟我相亲，原来我们是——同病相怜。

"你知道我为什么玩《太空之战》那么拿手？"秦娜自嘲说，"是因为我每次都把游戏里的怪兽想象成那些该死的相亲者，他们只要看一眼我的评估表就会走开，就像躲瘟神一样！当然也有些说不在乎的，但

我看得出他们只是想占我便宜，根本没有结婚的打算……真想劈死那些混蛋男人！但是你，你不一样，你很诚实，我们各方面也很合拍……如果你愿意和我交往的话……”她的脸红了，没有说下去。

我放下那张表格，把手放在秦娜手上，秦娜的手微微一抖，却没有躲开，脸更红了。我感受着她纤纤手掌的温暖和绵软，心神激荡，千万句情意绵绵的表白已经涌到了我的嘴边……

我闭上眼睛，深深吸了一口气，终于下定了决心，站起身，握住秦娜的手，干巴巴地说：“很高兴认识你，今天就到这里吧，希望下次有机会再见。”

秦娜诧异地盯着我，眼睛瞪得大大的，似乎我说的是外星语。过了几秒钟，她才反应过来，一张脸忽然变得煞白，随手拿起身边的红酒，全都泼在我脸上，不顾周围人惊讶的目光，大步离去。

我颓然坐倒，无力去擦拭脸上的酒水。我悲哀地想，也许自己做了一生中最错误的决定。

但我别无选择。在这个时代，基因的分层已经日益明显，优秀的基因总是和优秀的基因结合，而劣质的基因只能找劣质的基因，科学家预测，这最终会导致人类的两极分化。也许再过几代或几十代人，人类将分化成两个物种：一个智慧、美丽、高大、强健，一个愚拙、丑陋、矮小、孱弱……

而我绝不希望自己的后代停留在 F 级，更不愿跌入 G 级，不，我至少要找到 E 级以上的对象，这样才有可能让子女跻身中等基因者，然后再一步步进入上等基因的行列。这是一场跨越世代，甚至可能跨越千年的大竞争，我的子孙们必须逆流而上，也许要经历几个世纪，才能加入最优秀基因者的行列。为此我别无选择，哪怕伤害秦娜这样美丽善良的好姑娘……

不知不觉中，我的泪水夺眶而出，混入了脸上的酒水，淌过面颊，滴到地上。

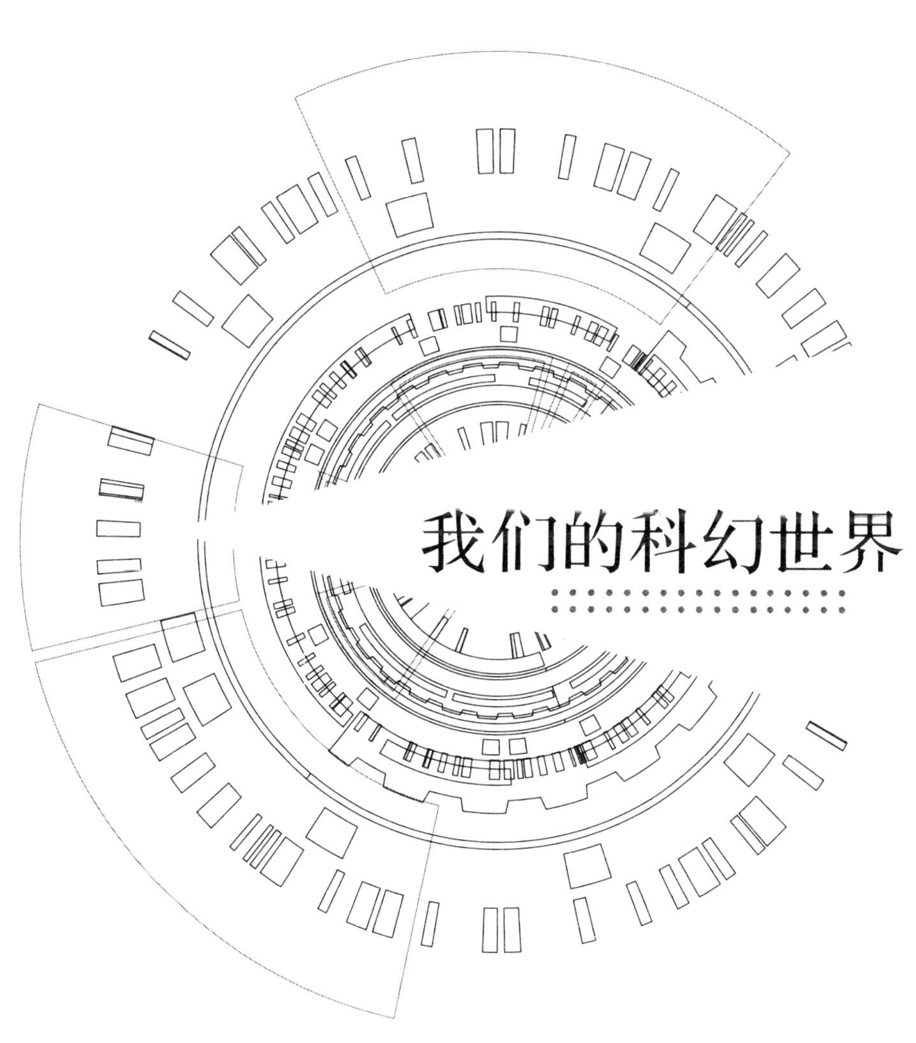

我们的科幻世界

缘起

今年（2019 年）是《科幻世界》杂志创刊四十周年，编辑部约我写一篇纪念文章。我左思右想，不知道写些什么好。我，宝树，原名谢宝舒，打小儿是一个科幻迷，但出道很晚，在 2011 年之后才开始写作，八九年间发表了毁誉参半的若干小说，出过几本销量平平的书，蒙读者和编辑不弃，得过两次银河奖，经历普普通通，写出来想必读者也没什么兴趣看。

而且说句老实话，我近几年的创作也陷入瓶颈，有时候一年发表不了一篇作品，发表了也没有什么反响，总之，是一个还没有红过就即将过气的三流作者。我自己觉得也没什么写作激情了，只是骗骗稿费混口饭吃，这些当然更不足为人道。所以我告诉约稿的姚海君主编说，想不出有什么好写的，要不就写几句祝福的话算了。他却说："宝树啊，你是 1999 年参加高考的，我记得你说过，因为看了《科幻世界》作文写得很好，考上了理想的大学，就写这个嘛！"

我不禁苦笑，不提这事还好，说起来真是一时不谨慎，一生两行泪。这件事倒是科幻迷耳熟能详的典故：1999 年高考作文题是"假如记忆可以移植"，凑巧高考前出版的那期《科幻世界》探讨了记忆移植的问题，有好几篇小说以及科普文章，读过的应届生高考如有神助，而没有看过的碰到这样思维发散的作文题，根本丈二和尚摸不着头脑。一上一下就是几十分的差距，不知改变了多少人的命运。这件事以后，《科幻世界》押中高考题的新闻不胫而走，第二年的征订数就增加了好几倍，形成了 21 世纪初的一波科幻热。

两年前，我的小说《人人都爱华莱士》荣获银河奖，在颁奖现场，女主持人问我是不是1999年参加高考的，我说是，她问我写了什么作文，我告诉她写了篇讲记忆移植的微科幻小说，她夸张地惊叹："哇，好棒哦！所以这篇作文让你考上燕京大学了吧？"我犹豫了一下，点头称是，下面稀稀拉拉的掌声响起。过了几天，报纸上出来一篇关于银河奖的报道，其中提到"宝树在获奖感言中深情回忆，正是《科幻世界》帮他高考夺魁，圆梦燕大"。

其实压根儿不是这回事。

那年高考，我考砸了。

事实是这样的，我的确读过那期《科幻世界》，令我在考试中灵感泉涌，笔走龙蛇，写了一篇小说，讲一个22世纪的记忆移植者因记忆紊乱产生人格分裂的故事，特意采用了意识流的写法。即便今天，我也觉得这篇小小说以高中生的标准来看是不错的。但这个世界根本没道理可讲，我觉得写得好，阅卷者可不这么认为，相反，看到这种既没有中心思想，起承转合也不合作文规范的瞎编乱造，大概火冒三丈，扣了我一大半的分，直接让我语文考砸了。更可气的是，我一个同学根本不看科幻，写了一篇八股文，说他爷爷是老红军，他移植了爷爷的记忆以后，继承了他艰苦拼搏、排除万难的思想，决心为建设祖国而奋斗，就这作文竟然得了满分，全国好多报刊转载，还在各种高考作文选上当范文。我找谁评理去？

我当时自我感觉良好，估分估得很高，志愿便填报了燕大。结果分一出来，光语文马失前蹄就比预估分数低了二三十分，离燕大最低提档线还差了老远，燕大当然没可能要我。加上第二、第三志愿也没填好，最后没有考上一本，后来招生办给我调剂到了名不见经传的中关村文理学院。我平时成绩是不错的，班主任沙老师非常惋惜，据说他现在还经常提起我，谆谆告诫学弟学妹们"高考作文千万不要写小说，你们有个学长谢宝舒，本来成绩很好，就是这样毁了……”

不过事有巧合，大四那年，中关村文理学院居然并入了燕京大学，据说是燕大需要我们学院的地皮。所以我的毕业证是燕大发的。但是实际的区别很多人都知道，正经燕大学生从来不承认我们是校友，像陈楸帆、夏茄等燕大出来的作家，问问我的年级系别，我一说是原中关村文理的，人家就笑笑不说话了。

这些弯弯绕本来说不清楚，所以访谈提到这事我只能含糊带过，难道那种场合能说看科幻小说让我高考砸了吗？谁知道偏偏就出了问题。

本来这种科幻方面的新闻稿除了科幻迷没人看，我在朋友圈也没转发，可因为提到我的本名和老家南川县，南川本地的媒体公众号不知怎么给发现了，还改了个浮夸至极的标题“昔日高考状元，今日科幻大咖——南川走出的作家宝树喜提世界科幻银河奖”（大概把“科幻世界银河奖”看反了），很快转到了我的高中群里。高中同学谁还不知道谁，我高考的滑铁卢人家记忆犹新，看到这种文章会怎么想？当然也没人当面揭穿，只是许多人阴阳怪气地说“恭喜状元郎！快发红包哈哈”，我尴尬地辩解说是记者乱写的，不久就退群了。

这是一次不愉快的小风波，我本以为到这儿就结束了。谁料还有下文……不，除了下文还有上文。1999 年之前，一些我早就忘记的人和事，那次报道之后又重新浮出水面，揭露出一个个尘封已久的秘密，最后让我卷入了一桩可能改变世界的神秘事件……这件事和《科幻世界》倒还有点关系，既然说到这里，就干脆都写出来，作为一点纪念吧。

退群事件后没几天，一个叫“沙和尚”的微信 ID 加我，留言说“我是沙子明”，我看到吃了一惊。沙子明是我的高中班主任，语文老师。

我高中时喜欢舞文弄墨，沙老师也蛮欣赏我，还推荐我参加过新概念作文大赛（不过没入围），师生感情不错。但我高考砸锅以后，愧对老师的期望，不好意思去看他，也就断了联系。

他既然加我，我当然很快通过了他。稍微寒暄几句后，沙老师说看到那篇报道，我忙又澄清了几句，他问我什么时候当了“大作家”，我忙说只是一个普通作者，写了几本不畅销的类型小说而已。沙老师说你写的小说不是得了世界大奖吗？我忙说不是不是，是国内的一个科幻奖项……沙老师“哦”了一下，转入正题。原来下个月是我的母校——南川县第一中学建校六十周年校庆，要请一些知名校友回去和学生们见见面，校方也希望邀请我，毕竟我校还没出过科幻作家。

我答应了。毕竟自己母校和老师的邀请总不好拒绝，我承认自己也有点儿虚荣心，作为“知名校友”回母校能挣点儿面子。沙老师让我准备半小时左右的演讲，我还花了不少时间准备讲稿，题目叫“当代中国科幻与时代精神”，特意把我和科幻名家刘慈欣、王晋康、韩松等人的合影放进了课件里面。

校庆前一天，我回了南川。南川县在浙江中南部的山谷里，没有机场也没有铁路，我只能飞到杭州萧山机场，改乘大巴，经沪昆高速开到浙江腹地的连绵群山中，下了高速还有七弯八绕的国道，到南川县城已经是傍晚了。汽车没有开到原来的汽车站，而是停在了新建的城北客运中心。我又打了辆车才到市区，沿途看到的城市景象和记忆中的大相径庭，几乎都不认识了。

我不是南川本地人，老家在西安，九岁那年因为父亲工作调动才到南川读书，我上大学后不久，父亲调回西安的原单位，母亲也找了新工作，举家西迁，南川的房子也没保留。我虽然在南川住了十年，但出去后只有2000年搬家时回去过一次，后来十几年都没再回南川。这些年中国经济日新月异，不想南川也变成了一座陌生城市。

沙老师大概不清楚我家的情况，以为我回南川就是回家，所以没安排接待和住宿，我也不好意思提，好在县城里住宿不贵，我就在南中附近随便找了一家宾馆，开了间大床房。晚上我出去吃了一顿久违的南川菜：萝卜排骨汤，雪菜烩白虾，豆腐焖火腿，南川小汤包……还是记忆中的味道，南川的感觉渐渐回来了。

饭后还不是很晚，我溜达回了以前的旧居，发现老小区完全拆掉了，变成了一座购物中心。我有点惆怅，信步走到县城中心的南川河畔，当年这条河又脏又臭，都是工业废水，如今经过治理河水清澈多了，沿河还修了绿地和栈道，可以供人休闲散步。走在河边，秋风徐徐，倒也不无惬意，只是风物早非昔日之旧。

好在道路格局并没有太大变化，走着走着，我的双脚似乎自己恢复了记忆，带着我离开主路，拐了几个弯，又经过一座小桥，踏进了一条城西的巷子。我惊奇地发现，这里竟然还大致是当年的模样，马头墙、吊脚楼，脚下是光润的青石板路，头顶是交错的老式屋檐。不过许多老房子翻修过，变成了临街的店面，到处还挂有写着“南川古城景区”的牌子。我恍然大悟，难怪这里还基本保留旧貌，原来是改成了旅游景区。

不过也没几个游人，古色古香的南方街巷给人时空迷离之感，在昏黄的路灯下，听到亲切绵软的本地方言，看着里弄的孩子在身边穿梭嬉戏，恍惚间又把我带回到了二十多年前。当年，我就是怀着情人约会般的憧憬，兜里揣着几块钱，走在这条巷子里，前往一个甜美诱人的神秘之境，准备进入远离尘嚣的另一个世界……

拐过一个弯，前方闪现出一片似曾相识的光亮，一间古雅的二层小楼灯火通明，我脱口一声惊叹，那地方真的还在？还是我穿越回了二十年前？

我擦了擦眼睛，才发现整个店面已经完全不一样了，门上是“竹林酒吧”几个艺术字，下面还贴着本店的二维码，提醒我这早已不是20世纪90年代。我信步走进门内，喧闹的音乐声扑面而来。酒吧不大，光线幽暗，不多的客人在里面饮酒谈笑。我走到吧台附近，服务生问我要来点儿什么，我没有回答，只是环顾着室内的四壁和天花板，心头隐隐又浮现出记忆中的场景。对，这里本来有一个架子，那边有一个展台，左边是文学区，右边是历史区……过去与现在，两个似乎完全无关的房间像量子叠加态一样在我脑海重合在一起。虽然已经重装得面目全非，但面前毫无疑问还是这间老房子，这个我曾经消磨过无数时光的乐园，这个古老而神秘的圣地……

服务生还在问我要喝什么，我反问他：“这间酒吧开了多久了？”

他愣了一下，说：“不知道，我是新来的……”

“有七八年了吧。”旁边较为年长的酒保搭话说，“古城景区搞起来之后，酒吧就开业了。”

“这间房子是你们租的吗？”

“是老板买的，之前好像是一个面馆，做不下去关门了。”

“面馆……原来后来还改成过面馆……”我喃喃道。

酒保听出端倪：“哥，你以前来过这里？”

“嗯，”我感慨地告诉他，“二十年前，这里是一家书店，我小时候常来。”

酒保表情有点儿奇怪：“原来真是书店啊？”

服务生也插口说：“今天是怎么了，一个两个都来说书店的事……”

我听他的话别有蹊跷：“你说什么一个两个？”

“就刚才有个漂亮姐姐，也在这里转了半天，眼泪汪汪地跟我们讲，这里以前是书店，叫星……哎，叫星什么……”

“星光书店……”我说，惊奇除了我还有人记得这里。

“对对，星光书店！她也是这么说的！”

大概是职业病，不知不觉就变成了好像写小说。回到正题吧，其实那家“星光书店”，就是我小时候常去的一家书店。我和《科幻世界》最初也就是在这里结缘的。

20世纪90年代，南川的书店屈指可数，除了不开放阅览区且售货员总是一张臭脸的新华书店，就是学校附近几家以卖教辅教材为主的小店，还往往和学校老师沾亲带故，靠他们介绍生意。另外还有就是租书的店铺了，里面都是些粗制滥造的书。我身边也几乎没什么人读书，大部分同学一放学就直奔游戏厅。

1993年暑假，我刚小学毕业，一个晚上到城西去找同学玩，谁知同学出门了，我信步乱走，不知怎么便走进了一条小巷，在巷子的深处发现了这间奇怪的小店，店名是繁体的篆文，我只认出了“星……店”两个字，门口的小灯泡连成天上星座的图案，在夜里熠熠发光，大门上还贴着仿佛是怪兽头像的电影海报（我后来才知道那是美国刚上映的《侏罗纪公园》），我想也许是家玩具店。

我好奇地推门进去，却猝不及防，进入一片书的海洋。周围都是书，八九层的木头书架像是童话里的豌豆藤一样从脚下生长到屋顶，中间的圆形展台仿佛是庄严的圣殿，整齐摆放在台上的一套套精装本如整齐威武的军团，周围琳琅满目的书籍似高墙壁立，脊上的书名就像无数双凝视我的眼睛……我瞪大眼睛环顾着四周，像是一个站在摩天大楼间的乡巴佬。

这里有人民文学、上海译文的世界名著，有中华书局和上海古籍的经史子集，也有商务印书馆和三联书店的思想经典，还有四川人民出版社的“走向未来丛书”，湖南科学技术出版社的“第一推动丛书”……当然这些都是我后来才慢慢熟悉起来的，当时我只有一种感觉：原来世界上还有这么多种类的图书啊！

“小孩，你找什么书啊？”我听到一个男人的声音。转过头，看到一个穿着布衫的老伯朝我走来。他身材很高，头发蓬乱花白，脸型瘦削，脸颊上纵横沟壑，黑框眼镜后的目光似乎十分严厉。

“我……我不……”我不知该怎么说，我本来不是来买书的，而且这里的书我几乎没一本认识，连名字都说不上来，我心一慌，转身就想离开，谁知背上的书包回扫，立刻将展台上的几本杂志碰掉了。

“哎呀，对不起！”我慌张地说，就要收拾。老伯似乎有点儿不满，眉心拧到了一起，嘟囔说：“你怎么搞的？算了，我来！你又不知怎么摆。”

他推开我，自己蹲下捡杂志，我手足无措地站在中间，想走老伯挡在门口，留着又实在是羞窘，眼泪都快下来了。

老伯抬头，放柔和了点儿语气问我：“小朋友，你多大了？”

我红着脸说：“十三岁。”

“几年级了？”

“开学上初一。”我老实回答，说了几句话之后，稍微轻松了点儿。

“嗯，初一，这年龄正好……”他随手将手上捏着的一本杂志递给我，“看过这个吗？”

我盯着一本封面花花绿绿的杂志惘然摇了摇头。那杂志上面有一个长翅膀的白衣女人，一些奇形怪状的机器，上方印着四个墨绿色的大字——“科幻世界”。

“这上面登的是科幻小说，很有意思的。”老伯不愧是书店老板，开始热情地推销起来，“科幻小说知道吗？”

我怯生生地说：“我……我看过一本《八十天环游地球》，算吗？”那是我回老家时在表哥家看到的，封面上好像有“科幻小说”的字样，我囫囵吞枣看完了，觉得很有意思。

“那个……严格讲不算科幻，不过作者儒勒·凡尔纳的确是科幻鼻祖，你看，这儿有一套《凡尔纳选集》，收录了凡尔纳大部分的作品，《从地球到月球》《海底两万里》《地心游记》……”他列举了一大堆书名，但我几乎都没听说过。

“不过凡尔纳也是一百多年前的人了，”过了片刻，他大概也判断出我这样的顾客买不起大部头文集，改口说，“你可以看看这本杂志，有最新的国内科幻小说，这期……这期我刚看过，有一篇《亚当回归》，是一个叫王什么康的新作者写的，很有意思……”

我好奇地接过，翻了几页，头几页就是那王什么康写的小说，映入眼帘的几句话，我迄今还记忆犹新：“雪丽小姐用光滑的手臂攀住他的脖子，他低下头，把热吻印在她的嘴上……”

我赶紧合上书，一颗心怦怦乱跳。“多少钱？”我紧张地问他，好像做贼。

“一块五。”他说。

我摸了摸自己的口袋，里面躺着几枚跃跃欲试的硬币。

就这样我买下了那期《科幻世界》，这是我第一次读到这本杂志，王晋康的《亚当回归》也是我读过的第一篇当代科幻小说，这篇作品吸引人的当然不只是一些情趣描写，而有远超出我当时头脑的奇妙想象和深刻思考，其他一些小说也很有意思。我之前从没想过，世界上还有人写这种匪夷所思的故事。在上学中、放学后，以及在写作业和考试的无聊现实之外，还有那么多千奇百怪的世界！恐龙在远古大陆上咆哮，飞船在未来的星际翱翔，火星公主在古老的运河畔伫立，时间旅人在光怪陆离的时空中永远流浪……这些是多么迷人、多么不可思议的生活啊！

我很快被科幻迷住了，过了一礼拜又去了一次，当然那时候已经知道了那家书店叫作“星光”。我买了前后几期的《科幻世界》，又读到了何宏伟、韩松、柳文扬、吴言等人妙趣横生的文字，还有阿西莫夫、克拉克等外国作家的经典短篇。我渐渐成了星光书店的常客，从初一到高三，一期不落地买了六年的《科幻世界》，还有其他许多科幻图书，像店主老伯推荐过的凡尔纳三部曲、阿西莫夫的《空中石子》、克拉克的《太空漫游》以及一套80年代的《中国科幻小说大全》，至今仍是我书房里的珍藏。

当然，还有很多书由于我囊中羞涩，没有钱买，便站上几个小时把它看完，对这种无赖行径，店主从来没有干涉过我阅读……不，严格说也管过。有一天我站着腿都快断了，偏偏故事又看到最抓人的地方，放不下来，他给我拿了一个板凳，让我坐着看，后来，我就能享受坐着读书的待遇了。

老伯对我不错，我也把几乎所有的零花钱都贡献给了星光书店，也不光是买科幻，其实各种各样的书我都感兴趣，比如《古文观止》《莎士比亚戏剧集》《全球通史》《皇帝新脑》……这些今天看来很普通的书籍，当年却为我打开了一个又一个新世界的大门。星光书店仿佛就是无数个小宇宙的入口。在好些日子里，我一到周末就去书店消磨掉一个下午，这里经常也没有多少顾客，就是我和店主两个人在里面，一老一少，也不太说话，我低头读书，他整理书籍或者在纸上写写画画（我想是在算账），我们却成了默契的忘年交。

那些似乎没有止境的悠长时光，早已消逝无踪，此时却又重新浮现。我似乎还可以看到老伯在书架前整理书籍，对我微笑……

“那个姐姐刚走，你们认识吗？”

我回到了现实，看到眼前好奇的服务生，摇了摇头：“不，不认识。”

时光过了将近二十年了，眼前是一个音乐酒吧，四壁陈列着看起来蛮高档的洋酒，一旁有乐手在吹萨克斯管，几对小情侣在角落里亲热，我在这里看书的时代他们大概还没有出生。当年那些挺拔屹立的书架，还有书架顶上从来无人问津又睥睨世人的《二十四史》《鲁迅全集》《大英百科全书》……都不知去了哪里。面目全非的旧址里，支离破碎的记忆如同时间的幽灵，飘上飘下，却无处安放。我心中涌起一阵感伤，叹了口气，离开了这里。

深夜，少年的回忆侵入到梦里，我恍惚中再次回到了书店，走过似乎无穷无尽的书架，走进一个幽深的房间，那里躺着一个黑色的箱子，箱子打开着，里面是一个吸收一切光线的黑洞，似乎正等着我的到来……

我在夜里惊醒，再也睡不着了。一些恼人的回忆在心底翻涌，为了不被它们打扰，我起来又改了一遍演讲稿。

被遗忘的科幻作家

第二天就是校庆日，和南川县其他地方一样，母校也已经大变样，从校门到运动场都已翻修一新，新盖起了许多高大漂亮的楼群，男女生像是从日本偶像剧里走出来的，校服都非常洋气。带路的学生礼貌地叫我“学长大叔”，让我感到了时光的无情。

校庆大典在新建的大礼堂举行，我本来以为自己算是重量级的嘉宾，结果发现真是想多了。虽然是小地方，但南中建校六十多年，请回来一百多个校友，每个人的成就都光芒耀眼，令我汗颜。国际知名的大作家曲华、中国科学院院士蒋子枫等我们那时候都耳熟能详的大名人就不用说了，其他嘉宾包括曾任驻多国大使的外交官，全国有名的金牌律师，知名饮食品牌创始人……还有我的同班同学老朱（就是作文写继承了革命爷爷记忆的那位），他这几年官运亨通，已经当了市工商局的局长，见面拍着我的肩膀说："老谢，听说你写科幻小说啦？我最喜欢看玄幻了！那个江南的《盗墓笔记》写得不错……对了，你的魔幻小说回头寄几本给我啊……"

我准备了好久的演讲稿没用上，沙老师满怀歉意地告诉我，因为演讲时间变动，不好安排，问我介不介意改成文章登在校报上，我当然含笑说没关系。后来我才听说，其实文化这方面本来是请大作家曲华演讲，他在国外来不了才临时安排上了我，结果人家改了行程回来，自然没我什么事了……

这次回母校的有三个写书的人，母校非常"贴心"，下午专门给我们安排了一个签名售书环节。三张桌子并排放着，我左边是蜚声国际的大文豪曲华，右边是一个叫沈淇的气质美女，比我低好几届，是个漫画家，但我从未听说过。签名售书这事我很有经验——基本是给知名作家做陪衬的。这次和文坛大腕曲华在一起签售，肯定是一天一地，好在还有一个无名漫画家陪衬，我稍感宽慰。但我惊讶地发现，这位沈淇小姐的读者竟然不比曲华少！南中好多女生都是她的粉丝，拿着她的漫画叽叽喳喳，翘首以盼。两个人桌子前都排了几十米的长队，只有我前头"门可罗雀"。

曲华和沈淇签书的大部分时间，我都在低头玩手机。我百无聊赖，查了查沈淇的资料，发现她是一个网红漫画家，还是微博认证用户、网站博主等，最近几年红透半边天。不过网上资料没有提她是南川人，只说是日籍华人，东京艺大毕业，作品曾在《JUMP》上连载，目前在东京有独立工作室云云。比起她的漫画，网上更多的是她清丽脱俗的照片。我看了看身边的真人，又看了看照片，心中不得不承认，照片还真不是美化处理的，但还是腹诽了几句："什么漫画女神，还不是靠颜值，现在人真肤浅……"

好在最后来了几个男生，虽然没买我的书，但拿着几期有我小说的《科幻世界》找我签名，让我稍微挽回了一点点面子。不过聊了几句，原来他们是想托我请刘慈欣老师来学校做讲座，我答应帮他们问问，但心知可能性很小。

签售之后是晚宴，我坐在偏席，桌上大部分人都不太熟，只有同学老朱是旧识。我们聊了聊读书时的往事和一些同学的近况，只是小心翼翼地避开了高考的事。后来我们去给沙老师敬酒，沙老师感慨了几句："宝舒，你现在还是成作家了嘛！科幻我不懂啊，不过呢，写作的道路是很宽广的，希望你越走越宽！"

我懂沙老师的言外之意，他一直期望我能成为第二个曲华，写出像《许三多卖肉记》之类蜚声国际的现实主义巨著，对我写科幻小说本来不以为然。但无奈我第一没那才华，第二从小被带上了科幻的"歪路"，沙老师对我是有点儿失望的，我惭愧之下无话可说，只能端起酒杯，一饮而尽。

过了一会儿，沙老师、老朱他们都应酬去了，我觉得多待也没什么意义，便自己溜了出来。刚出门，就听到后面有人叫："喂，谢宝舒！"

我回头，见是那个美女漫画家沈淇，不由一怔。她脸蛋红扑扑的，显然是喝了不少酒，摇摇晃晃走到我面前问："你去哪里？"

我挤出微笑："我喝得有点儿多，明天一早还要赶飞机，就先回去了……很高兴认识学妹，我也很喜欢你的漫画！以后多联系……"

她没理会这些场面话，一挥手打断了我："我还有事找你，出去说吧。"

"……好的。"我答应了。但心中不无诧异，她找我干什么？虽然都在文化行业，但方向相差很远，即便漫画和科幻有合作的空间，但她的少女漫和我的宅男科幻也不太容易搭上关系吧？这位学妹是不是喝得太醉了？

沈淇果然是有点儿酒瘾，一出门左拐右拐，居然回到了昨天的“竹林酒吧”，服务生迎上来，问：“姐姐你又来了？咦……你们……”

我这才明白，原来沈淇就是他昨天说的那个漂亮姐姐，但却更感疑惑。她点了两杯威士忌，光酒单上的价格就让我一点儿醉意也没有了。我说喝不动酒，沈淇给我叫了杯苏打水，她自己却自斟自饮，也不太说话，只是表情古怪地盯着我。

我被她盯得有点儿发毛，直接问道：“那个，沈……沈学妹，你找我是……”

她托着腮，歪着头，似乎带着哀伤问：“你、你真的想不起我是谁了吗？”

“我……你是……”我心中一片迷茫，虽然是校友，但她的年龄至少比我小两三岁，我上初中她上小学，我上高中她上初中，压根就不认识。

她失望地摇了摇头：“原来你不知道，我是沈星光的女儿？”

“沈兴光……沈兴……”我在脑海中搜索着，我当年在南川时，认识一个叫沈兴光的吗？是南中的哪位老师？还是父亲的同事？或者是当年同一个楼的邻居……

沈淇皱了皱眉头：“就是这里的星光书店！你每礼拜都来，难道不知道老板是谁吗？”

“啊！”我惊讶地叫出了声，原来她是那位店主的女儿！我随即想起来，当时在店里看书的时候，的确有时见到一个小姑娘进出，还听到老伯叫她“小奇”什么的，依稀也知道是老伯的女儿。记得当时还是个不起眼的小丫头，偶尔听老伯抱怨她功课不好，但没怎么和我说过话。谁料女大十八变，如今成了漫画界的女神——

等等！我的注意力又从眼前的女郎身上被拉开，回到了前一个信息，原来她父亲叫沈星光，这名字好像——

我大脑深处两根不相干的神经元猛然擦出了火花：“啊，沈星光，难道就是……那个沈星光？”

我确实知道沈星光这个人，只是根本没有和南川这个地方联系起来。

现在记得这个名字的人已经很少了，但过去也稍有名气。他是80年代早期的一位科幻作家，作品不多，大概十几个短篇，出过两个集子。论知名度，他不能和郑文光、叶永烈、童恩正、肖建亨等80年代的“四大天王”相比，但一度也和王晓达、金涛、吴言等新锐作家并称。他的出名还有一个历史原因：他的代表作《温柔乡梦幻曲》在1983年的一场运动中被指为“反科学”“黄色小说”“思想反动”，成了批判的靶子。此后他没法再发表作品，于是淡出了科幻界，不，应该说当时整个科幻界都土崩瓦解，也没人关注他的下落了。

然而沈星光居然一直住在南川，还开了一家星光书店？会不会是重名？

我稍微一回想，就可以确定，星光书店的确和科幻有特殊的缘分，这绝不是巧合。

和星光书店熟起来之后，每期《科幻世界》我都买，还看完了不多的几本外国科幻小说，意犹未尽，问老板国内有谁的书好看。老板推荐了郑文光的《飞向人马座》，这书我也听说过，但不知哪里有。南川的公立图书馆又小又破，科幻小说只有一本《小灵通漫游未来》。我便问他，星光书店里有没有这本书。

他笑了笑，掀帘进了内间，过了一会儿拿出了一本《飞向人马座》，是很早的版本，但过去了十来年，保存还相当完好，几乎是全新的。最令人惊讶的是，扉页上还有两三行龙飞凤舞的手书，上面一行认不清楚，好像是“× 光同志指正”，下面依稀有“郑文光，1980年 ×

月 × 日”的字迹。

“老伯你太厉害了！”我大叫了出来，“这可是作者签名版啊！这宝贝你也能淘到！”

他笑而不语。我问：“多少钱啊？我要买！”

“这个不卖。”他却说，眨了眨眼睛，“个人收藏。”

看我失望的样子，他拍了拍我的肩膀：“不过呢，你可以在这里看，翻的时候小心点儿，千万不要折坏了。”

就这样，我在他那里花了一下午读完了《飞向人马座》，看得如痴如醉。后来，我在书上又看到过一些现在已经不好找的科幻小说，像是宋宜昌的《祸匣打开之后》、童恩正的《古峡迷雾》，还有《陶威尔教授的头颅》《仙女座星云》等早年的苏联科幻作品，他那里基本都有，虽然不卖也不借，但可以让我在店里阅读。

这些神秘的科幻珍藏品不在架子上，每次都是从他从帘子后拿出来的。让我对里面的房间充满好奇。有一次，他去对面小店买烟，让我帮他看着店面，我便大着胆子，趁机溜进帘子后面的房间，看到靠墙放着一个很大的书柜，有玻璃门保护，里面的确都是科幻小说，有很多我知道的，还有很多当时我没听说过的，甚至还有一些英文和俄文书。显眼的地方放着沈星光的两本集子：《一亿年前的星光》和《温柔乡梦幻曲》。最底下一排，码的是整整齐齐的历年的《科幻世界》杂志。

现在想来，这一切实在是很明显的线索。但我实在是个糊涂人，根本没有把这一切联想到一起。我甚至不知道这位伯伯到底姓甚名谁，因为平时用不到，也就没有去问过。

“原来你一直不知道。”沈淇幽幽地说。

“我……我真不知道，”我懊恼地说，忽然想到一件事，“哎呀！我还说过他……我这嘴啊……”

我读科幻的时候，班上没别人看，唯一的知音就是大我好几十岁的书店老伯。我也只能和他聊科幻。从凡尔纳·威尔斯说到阿西莫夫·克拉克，从叶永烈、郑文光说到刚出道的何宏伟、王晋康，那时候也不知道天高地厚，大胆作评："凡尔纳那些人太老了，没意思；克拉克的《与拉玛相会》想象力很不错，但是情节又太枯燥了；阿西莫夫的《基地》是好看，但什么银河帝国一点科学性都没有……"

说到中国科幻作家，当然也不会太客气："《小灵通漫游未来》是给小孩看的……《飞向人马座》写得太拘束了……沈星光？我觉得他是这些人里最差的……想象倒是有点儿意思，但是下笔很笨，故事老套，还喜欢列举一些科学公式装科学家……"

记得老伯当时脸色一沉："小屁孩，根本看不懂科幻！走走，以后不给你看了！"

我那时候和他已经非常熟了，所以也没当真，过了几天又来看书，他也跟没事人一样，继续跟我聊天……可谁知道，他就是沈星光本人！

"记得有次你说沈星光写得差劲，"沈淇居然也记得这事，脸上带上了一丝笑意，"我爸可气了半天，我在里面听到都笑死了。我想告诉你吧，我爸还不让，让我绝对不能说出去……可能因为这样，所以他也不好意思承认自己就是沈星光吧。"

我连连拍自己脑袋，懊悔至极："真对不起……我是完全无心的！一个开书店的老伯，怎么会是那么有名的作家呢！我一点儿也没往那个方面去想。"

"也不怪你，"沈淇仰头又是一杯酒，"毕竟我爸也没什么名气。"

"还是很厉害的，"我诚挚地说，"我这些年重读过你爸……沈老师的作品，写得还是很有意思，很多方面都开国内之先河，思路相当超前。真的，我不是临时瞎说，我去年编了一本书《科幻中的中国想象》，序言里专门提到了沈星光对后人的启发。”

她点头说：“我知道，我看过这本书。”

“你看过？”我有点儿意外，这书销量平平，很多科幻迷都不知道，想不到沈淇却看到过。

“嗯，上个月的报道我看到了，才知道你成了科幻作家，后来我查了你的资料，买了你所有的书，还给你发过微博私信，你可能没看到。听说你要回南川，所以我也特意回来……” 沈淇说不下去，又拿起了酒杯，我看到她的手都有点儿发抖，似乎情绪很是激动。

我的心跳开始加速，沈淇虽说当年和我有点间接渊源，但连认识都勉强。现在又比我红那么多，怎么会这么关心我？难道她对我……是了，当年我还是挺帅的……

我不由浮想联翩，却哪里知道，这背后的真相远远超出了我哪怕最离谱的想象。

尴尬地沉默了片刻后，我转了个话题问道：“对了，沈老师还在南川吗？还是搬走了？ 2000 年我回南川时还来找过他，但是门口上了锁，招牌也没有了，以后就断了联系。有机会的话，我一定要登门拜访……你怎么了？”

我立刻发现自己说错了话，沈淇仿佛被毒蛇咬了一口，脸上的表情变得十分怪异。过了一会儿，她的眼眶红了，鼻翼开始抽动。我开始隐隐觉得不妙，记得沈星光应该是 20 世纪 40 年代生人，现在应该七十来岁，虽然年纪不算很大，但说不定……

果然，沈淇哽咽着说：“我爸……已经……去世……”说出每一个字似乎都十分艰难，说完又猛灌了一口酒。

“啊？是什么时候的事？”我看她这么难过，心想应该是不久前，后悔不该触动她的伤心事。

谁知道她的回答却出人意料：“十八年前……”

“1999 年？”我讶然问，1999 年是我高考的时候，那年老伯看起来也没什么大问题，怎么可能当年就走了？

这一系列的惊人消息已经很出人意料了，然而沈淇的下一句话令我几乎跳了起来。

她抽噎着说：“是……我……我……杀了他……”

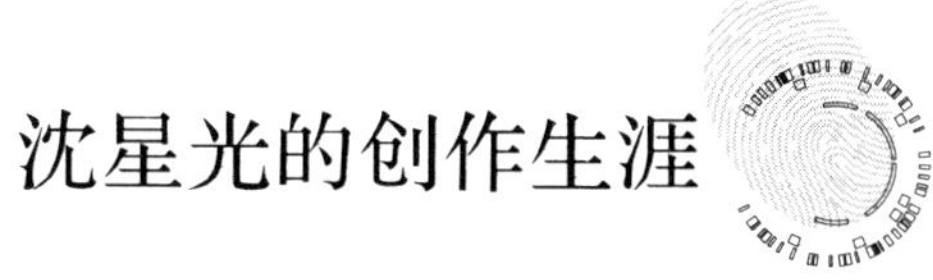

沈星光的创作生涯

沈淇说完这句话，就捂着脸哭了起来，我下巴掉在地上，半天才捡起来。

“你……你醉了吧？”我愣了半晌才问。一个动人的女郎说小时候杀了自己的父亲，显然只能是胡话。

“那时候我只有十六岁……”沈淇哭了一阵，开始喃喃自语，“什么都不懂……他老是管我，不让我看漫画……我真的很烦他，想去日本找我妈……那天一时冲动……我……我就……”后面又说了几句话，却听不清楚，她的声音越来越小，终于打了个嗝，便趴在桌子上不动弹了。

“沈淇？学妹？”我唤了她几句，她却没有回应，过了一会儿发出轻微的鼾声，好像真的醉倒了。

我万万没想到事情会演变到这一步，撇开不知究竟的“杀人事件”不说，一个大活人醉在这里，我该怎么办呢？我根本不知道她住在哪里。

我忍痛买了一千多的单，把她扶出去，又打车回到自己的宾馆。中间沈淇半醉半醒，还吐在了车上，害我多给了司机一百块。宾馆里几个服务员看到我搀着一个醉倒的美女回来。我心中忐忑，万一有人认出我或者沈淇(当然后者的可能大得多)，那我跳进黄河也洗不清了。

我搀着沈淇进电梯的时候，她似乎又醒了一点点，口中喃喃说了几句："谢宝舒……你为什么要去写科幻小说……你不应该写……你让我怎么办……"

我心中越发莫名其妙：我写不写科幻，和你有什么贵干？但她这样子也没法询问。好不容易进了房间，我把沈淇放在床上，给她盖上被子，出门找了个角落抽了支烟，从头整理了一下思路：

80 年代初的科幻作家沈星光，在 90 年代开了一家星光书店。我当年因为去书店读书而与科幻结缘，但并不知道老板是谁。他的女儿沈淇，在十八年前"杀了"他，然后去了日本。十八年后，我也成了科幻作家，沈淇因此激动地来找我……这些事是怎么能联系到一起的？我摇了摇头，心头一团乱麻。

不过我随即想到，有一个人也许可以帮我，于是拿出手机拨通了电话。

"喂，是吴老师吗？"我问，"吴老师，我宝树，哎，您好您好！这么晚打扰您真不好意思，有件事想请教您，您和沈星光老先生认识吗？对，我想了解一些他的事情……"

吴言教授，很多科幻迷都很熟悉，他是 70 年代末就开始写科幻的，当时还只是一个中学生，却已经崭露头角，和很多老辈科幻作家有过交往。他也是少数在 1984 年以后还坚持创作的老一辈作家，不过现在主要在大学里从事科幻研究工作。对于那段科幻史，没有比他更适合咨询的人了。

听到我的问题，吴老师有点儿意外，但很快打开了话匣子。据他说，沈星光的确是南川人，不过 60 年代初考到上海的大学，后来在上海一个工程部门工作。他上大学时就喜欢读苏联的科幻小说，70 年代前后开始业余的科幻创作，竟然写出了名气。但 1983 年的那场运动中，他受到了很大冲击，本来档案已经调到了上海文联，正在办入职手续，被批判以后文联不要他，档案又退回了原单位。原单位也不敢要这种麻烦人物，说已经调走了不能再调回来。双方踢了好久的皮球，一来二去，沈星光无处栖身，竟被打回南川原籍，后来就不太清楚发生什么事了。

我想起沈淇说的一些事，又问吴老师沈星光的家庭情况。吴老师叹了口气告诉我，沈星光结婚比较晚，妻子是经人介绍认识的。他受到批判后，妻子怪他写小说惹事，怕牵连自己，果断和他离婚了。他老婆颇能折腾，第二年趁着出国热的东风，靠跨国婚姻嫁给一个日本人，去了日本。沈星光一个人带着女儿回了南川，他回乡前和吴老师还有通信，后来就断了联系。

我问："那沈星光去世的事您也不知道吗？"

"啊？"吴老师也很吃惊，"沈老去世了？什么时候的事？……什么？ 1999 年就……太意外了太意外了，那时候他还不到六十岁啊！唉……真想不到……"

他反过来问我怎么知道这些的，我不便说沈淇的疑案，只说自己之前就认识这么一个开书店的老伯，最近回母校，才听说了他的身份和去世，至于去世的详情，我也不清楚云云。

"原来星光还一直在关注着《科幻世界》……"吴老师听我说了我们相识的经过，叹了口气，"他是《科幻世界》最早的作者之一，处女作就是发在那上面的，那时候还叫《科学文艺》呢。"

我回忆了一下："就是那篇《一亿年前的星光》吧？"

"是啊，所以他对《科幻世界》一直很有感情……对了，差点儿忘了，后来也不是一点儿消息没有，他九几年还给杂志社投过稿！”

我忙问详情。原来，90 年代中国科幻走向复兴，对沈星光的批判也早已时过境迁，发表应该也没有阻力了。大概是 1994 还是 1995 年，他又往《科幻世界》投了一篇稿子。不过距离之前发表过去了十来年，以前熟识的编辑很多都走了，而审读稿件的新编辑是其他行业转来的，甚至不知道沈星光是谁，看稿子中的故事说得不清不楚，还有很多高深莫测的公式图表，不像是小说，便直接扔到一边，稿子都懒得退。

“这……有点儿不负责任吧？”我有些不平。

“也不能全怪编辑。那本稿子扔在角落里几年，偶然被杨老师——就是老社长杨萧——发现了，她是《科学文艺》时代过来的，认识沈星光，当时吃了一惊，亲自看了一遍，发现这篇稿子的确过于艰涩混乱，冗长无当，达不到发表标准，杨社长还想让他改改，但已经联系不上了，估计那时候他已经……唉……”

我还是有点儿不信：“沈星光的作品可能是老派一点，但不至于发表都不够格吧？”

“我亲眼看过，的确问题很多……我想，是当年的批判把他毁了。”

“这怎么说？”

“当年批他，一个是所谓涉黄，这个就不提了，还有一个是伪科学，胡编乱造，这当然也是不对的，对科幻怎么能用科研的标准去要求呢？但是沈星光本身是理工科出身，性格又比较轴，他当真了！他真心觉得自己的小说科学性欠缺，要写一些完全符合科学的作品，所以小说中加入了大量冗长无谓的科学说明文字，跟学术论文似的。他理学功底很扎实，知识储备信手拈来，可谁看得懂呢？他心目中的理想读者大概是钱学森那样的科幻批判者吧！”

我十分意外。我记得沈星光的阅读品味并不如此狭隘，各种作品都能欣赏。但是自己的创作可能是另一码事了，不知道当年的批判伤害他有多深，令他走不出心理阴影。

我看也问不出什么，便感谢了吴老师。他嘱咐我多打听一些沈星光的事迹，将来写科幻史也许是宝贵史料，我答应了，便收了线。

回到宾馆，沈淇还在酣睡，呼吸越发均匀绵长，显然已经睡熟。我走也不是，留也不是，只得坐在一旁，在网上搜了一下沈星光的情况。沈星光的书我以前自然读过，但已经过去了若干年头，许多细节都记不清了。在作家沈星光和我认识的书店老伯合二为一之后，我感觉有必要重新再研究一下。

网上能找到的沈星光的作品不多，主要就是《一亿年前的星光》和《温柔乡梦幻曲》两个短篇代表作，这两部作品的确很能代表他的风格。《一亿年前的星光》是他的处女作，刊发在1979年的《科学文艺》创刊号上，说的是一亿光年外有一颗超新星爆发，被地球观测到了。科学家发现，超新星发射的电磁波是经过调制的，原来是外星人引爆了这颗恒星，又以超级技术手段在其电磁辐射中输入了大量的信息。最后，经过科学家的解码，发现其中有十二个数学和物理学公式，一大半都是人类迄今不知道的。原来外星人是以这种方式向整个宇宙广播，传送宝贵的科学知识。

这篇小说的设想在当时堪称雄奇，引起了一些反响。我当年读后也印象很深。不过今天再看，就带上了一些批判的目光。沈星光的优点是想象奇崛而又能自圆其说，但缺点一是故事比较简单化，像这个点子可以写成更悬疑或者曲折的形式，但他只是平铺直叙，草草收尾；二是他确实过于技术流，总共五六千字的小说，至少有三千字都在阐述分析超新星爆发的原理，通过恒星传播信息的可行性，以及如何破译毫无共同基础的外星语言等技术问题，还有好些公式图表，使读者难有耐心看下去。如果不是在那个文化贫瘠的时代，恐怕不可能有多少影响力。

《温柔乡梦幻曲》发表于 1983 年年初，主题有了一定的变化。故事说，一位科学家发现人的脑电波活动具有某种“波粒二象性”，与宏观世界不同的概率波相联系。科学家就发明出一种梦想头盔，戴上之后，可以将人心中的希望坍缩成未来的现实，也就是说，令其美梦成真。这位科学家暗恋一个漂亮姑娘，但姑娘从不正眼瞧他，于是科学家启动这种头盔，祈祷姑娘嫁给自己，居然成功了！姑娘听说他做出了伟大的发明，便答应了他的求爱，科学家坠入温柔乡中。然而婚后，科学家发现妻子为人自私拜金，两个人并不合适，后来有坏人利用他的妻子想要骗到梦想头盔，经历了一番惊险情节后，科学家被包围，他用梦想头盔许下了让梦想头盔毁灭的愿望，最后整个实验室发生爆炸，科学家也当场殒命。

其实我不太喜欢这篇故事，因为设定太牵强，但它情节曲折跌宕，人物也有了一定性格（我想或许女主的原型就是他的妻子），而且沈星光可能是吸取了评论界的意见，主要笔力放在情节推动上，并没有用太多笔墨讲解相关科学原理，艺术水准还是不错的，所以也被读者称道。

不过小说的发表正好碰到了风口浪尖，在 1983 年那场运动中首当其冲。我在网上还搜到一篇当年的批判文章。文章首先骂沈星光这篇是黄色小说，文字中确实有一些朦胧的性描写，这些今天看来不算出格的写法便成为口实；其次是批判其“反科学”，当时国内科幻中很少有人用到曾被指责为唯心主义的量子理论，批判者自己也不懂，但不妨碍大骂其歪曲科学，误导读者；不过最后最严重的还是说其“思想反动”，批判者一层层深挖出背后的潜台词：“如果说靠一个头盔做一个梦就能够美梦成真，现实和梦境还有区别吗？那么每个人发一个头盔，是否就能够让四化实现了呢？社会主义建设还有什么意义呢？我们不禁要问，作者写这样的故事，到底想要表达怎样一种思想趣味？”

我不禁为沈星光深感不平，这个故事的悲剧结局不就是说一个头盔不可能实现梦想吗？怎么能这么批判文艺作品呢？不过话说回来，故事的设定的确有不少情理不通之处。如果说我想要成为全宇宙的皇帝，难道戴个头盔许个愿就行了吗？这显然是荒谬的。当然，写科幻小说有这样那样的 bug 并不奇怪，批评可以，但不能无限地上纲上线……

正在胡思乱想，忽然手机提示有新消息，是吴言老师发来了几张照片，附言说：“宝树，沈星光给《科幻世界》的投稿，我当年好奇拍了几张照片，一直存在电脑里。发给你看看，也许用得着。”

我精神大振，点开照片查看，果然是沈星光给《科幻世界》的投稿，标题叫《梦旅人》。照片没拍全，只有前头十来页，看开头有点像是《温柔乡梦幻曲》的改写版，但写法却完全不同。

《温柔乡梦幻曲》主要探讨人性问题，技术方面本来虚写居多，但沈星光在《梦旅人》中却大反其道，写得很实。比如小说开头提到，男主角是研究量子纠缠的物理学家，本可以一句带过，但他却花了两页纸解释什么是量子纠缠，还有三四个公式！我看了第一页便心生厌恶，再怎么说也就是编个故事，何必扯那么多用不着的。勉强又看了两页，越看越是头疼，靠在床头想眯一会儿，结果却不知不觉睡着了……

改变命运的箱子

“啊，这是哪里？！”

我还在半睡半醒中，便听到一声女子的惊呼，随后肚子上一阵剧痛，已经挨了一脚。我睁开眼睛，看到对面一双美丽而惊恐的眼睛，才想起来昨晚发生的事，忙结结巴巴解释：“那个……你突然醉得不行了……我……我不知道怎么办……”

沈淇蜷缩在床角，脸上一阵红一阵白，我们对视了片刻，她忽然跳下床，拎着包冲进了洗手间。我看了看墙上的钟，九点半，我的航班五分钟前就已经起飞了。看来，还得在南川待一阵子。

等到她出来之后，显然已经初步梳洗过了，大概也发现了自己身体并无异样。她对我抱歉地笑了一下：“不好意思，昨晚我失态了，也不知道怎么会这样……”

“那个……你没事吧？”

沈淇在我对面坐下，长长出了一口气：“老实说，有事。这一个月以来我每天都睡不着，所以养成了喝酒的习惯，把自己灌醉才能安眠一晚上。”

“啊？究竟出什么事了？”

“都是你害的，”沈淇的嘴角微微抽动，“自从我知道你当了什么科幻作家，还得了银河奖以后，整个世界就崩塌了……我……我必须找到你……”

这是我百思不得其解的问题：“我写科幻和你有什么关系呢？”

“怎么说呢……”她沉默了一会儿，似乎不知道怎么开头，扶额想了良久，露出一个自嘲的笑容，“真是报应，我从小就讨厌科幻小说，居然要做科幻小说里才有的事，还有比这更讽刺的吗……”

“你讨厌科幻小说？可你爸爸是——”

“正是因为我爸爸，我才讨厌科幻小说！我小时候一直想，要不是因为他痴迷科幻小说，我爸妈就不会离婚，我也不会离开上海，搬到南川这种山沟里的县城……”

她这些话没头没脑，但是我昨天听吴老师说了沈星光一家的遭遇后，明白她话中所指，自然也不能怪她。

“小时候，我发现我爸是个作家，还挺骄傲的，不过后来发现他这个作家，又没名气写得又不好看，还捣鼓一些莫名其妙的玩意，也没见换来一分钱稿费！开个书店生意也不好，卖的那些书都没人看，特别是那什么《科幻世界》，上面的小说幼稚死了，宇宙飞船，外星人，时间穿越！我一直搞不明白，你和我爸这种人怎么会对这些东西着迷呢……

“不过话说回来，上面也有些有意思的内容。你记得吧？九几年的时候《科幻世界》上登过漫画，寥寥几笔就勾勒出一个活灵活现的美人，比小说有意思多了，看《科幻世界》我只看这个。我长大一点以后，就开始自己找漫画书来看，我们家几乎没有，不过其他店有租的，像是《圣传》《尼罗河的女儿》《天是红河岸》……我看得如痴如醉。结果我爸却认为这些书是坏书，看了影响学习，都给我没收了，让我看什么《凡尔纳文集》《飞向人马座》……”

我有点儿啼笑皆非，沈星光虽然自己是科幻作家，但教育子女也未见得多开明。

“那时候我成绩也不好。我爸是交大毕业的，数学很好，可我一点儿没遗传他的天赋，一看到数学公式就头疼。他以为我是因为看漫画影响学习，对我越发严厉，还拿你当榜样教训我。我爸其实对你挺了解的，那年你不是参加省里的什么知识竞赛得了个奖吗，也算是县里的小名人了，我爸就让我请教你怎么学习，说实在的，那时候我最烦的除了我爸就是你了，天天在店里白看书，看到你来书店里，我都是能躲就躲！”

我的表情自然十分尴尬，沈淇也觉得说得有点儿过分，回到正题：“反正那几年，我们父女的关系每况愈下，后来我甚至开始逃学，去溜冰或者打游戏……

“这些也罢了，1999年春天，我妈回来了，抱着我就哭，还给我带了一大箱子礼物。那时候，她在日本生活比较安定了，想带我去日本，我当然很想去了！日本啊！那可是动漫的天堂，有多少天才大师，多少知名的工作室啊！可是我爸根本不同意，说当初我妈扔下我不负责任，现在根本不配见我什么的，硬是把我妈赶走了，我真是恨死他了……”

我忍不住说：“这也不能怪他，当初你妈自己跑去日本，是沈伯伯把你拉扯长大的，你妈突然回来要带走你，他没法接受……”

沈淇凄然摇头：“你说的是没错，但这些事我当年怎么会懂？其实我爸也不光是出于怨气，还有一层顾虑，觉得我妈在日本那边生活比较复杂，去了也不一定是好事，但这些我更没法明白……反正后来我妈走了，我还是留在南川，觉得就像被关在暗无天日的监狱里。”

我回想了一下，那几个月正是我高三下学期，正在全力以赴准备高考，也就很少去星光书店那边，去了也只是买本新杂志就走，谁知道那段时间竟发生了那么多事。

“所以，”沈淇的口吻变得低沉下去，“我下定了决心，要永远摆脱我爸……再也见不到他……”

我不禁打了个寒战。难道她真的……

“我想离家出走，一个人偷偷跑去日本找我妈，但这真是太难了！要在国内也罢了，去日本必须办护照，办护照必须监护人陪同并且同意。我爸怎么可能同意呢？我想偷渡也没有门路。所以我开始想，要是他死掉就好了，他一死，什么问题都解决了，我把房子一卖，跟我妈去日本，多好啊……你这么看着我，觉得我很坏是不是？其实我也明白，这种念头一丝一毫都不该有，但我就是没法不往那方面去想……”

我越听越是毛骨悚然，难道她真去杀了沈伯伯？

“所以，那天夜里，你走了以后，我偷偷躺进了那个箱子里……”

“什么箱子？”我失声叫道，隐隐感觉不妙，一些久远的记忆从遗忘的深渊中浮起，仿佛多年前的债主忽然上门。

“我爸造的那个箱子啊，难道你忘了吗？”

看到我目瞪口呆的样子，沈淇癫狂地笑了起来：“不要装了，你不是也躺进去过吗？不就是靠它改变你的命运的吗？”

“你说我……我……”一股寒意从脚底升到脑门。

“看来你真的忘了……不奇怪，我也忘了好多好多年，直到得知了你的消息……是啊，什么燕大，什么科幻作家，什么银河奖……你的一切都来自那个——‘梦之箱’！没有它，你说不定已经死了十八年了！”

我的身体剧烈颤抖了起来，肺里的空气仿佛都被抽干，我无法呼吸，我无法动弹。周围的世界仿佛在融解，化为乌有。

那件事被我在记忆深处封印了太长时间，但今天却被她残忍地划开早已痊愈的伤口，把埋在里面的东西挖了出来。

那是我人生中最痛苦不堪的几个月，稍一想到就仿佛有一根针刺入心脏，所以我在潜意识里主动遗忘了。再说，那件事是那么荒谬可笑，怎么可能是真的呢？我以为那不过是一个夏夜的梦魇，一个古怪的狂想，最多不过是一个拙劣的玩笑。

但远不止如此，在十八年后，它以完全想不到的方式重返我的生命。此刻，埋藏了十八年的记忆像怒潮般将我淹没。

1999 失落的记忆

1999 年夏，世界末日的传说里，蝉叫得分外凄厉。全世界最渴望末日降临的人就是我。高考已经尘埃落定，分数也都已公布。我如中电殛，不敢相信，甚至去申请查过分，但耻辱的低分坚如磐石。大学基本成了泡影，我有一百种理由为自己辩解，但已经毫无意义。我整个人都垮了，把自己关在卧室里三天三夜，吃不下饭，也睡不着觉。

我，谢宝舒，南川一中的尖子，父母和老师的骄傲，面对未来也一向自信满满，然而最后这一切沦为了口耳相传的笑柄。我不知道今后一生中余下的时间里，该怎么面对这一切。

过了三天生不如死的日子，我终于肯到客厅吃饭，父母放心了一点儿，又开始说什么复读还是上二本的事，我说让我想想再说，然后说要出去散步，就离开了家。下了楼，忽然听到父母在阳台上大声叫我，我不管不顾，一个箭步冲出了大门。

我知道他们一定已经发现我在枕头下留的遗书。无所谓了，我不会再回来。

直到今天，我仍然不会太责怪当初的自己。不错，那时候的我幼稚、偏激、自私，但那种从云端被打落尘泥的痛苦，那种一切希望都破灭的黑暗，那种对现实世界的恶心，没有经历过的人无权指摘。

我在南川河大桥上徘徊了好一阵子，想一闭眼就跳下去好了，不过那河实在太脏太臭，我想象自己的尸体被这里的河水浸泡三天三夜再浮出来，就失去了在这里结束生命的勇气。我又找到了附近的一座高层建筑，想爬到楼顶跳下来倒也痛快。谁知刚走进单元门，居然看到沙老师、老朱和其他几个同学说说笑笑下楼来，我忙躲在楼梯后面。从他们片段的谈话中，我才知道沙老师的家住在这里，几个考上好大学的尖子生相约来这里拜访沙老师。我本来应该是其中最意气风发的一员，现在却只能躲在黑暗中，目送他们离去。

我肯定不想死在沙老师家楼下，只有走得越远越好。乱走了一阵子，我一抬头，居然发现自己到了星光书店门口，我五味杂陈：这个书店开启了无数新世界的大门，却也毁了我的一生……

我不想进去，不过老伯在里面看到了我，出来招呼："小谢，好久没看到你了，最近到了好几本新书，都给你留着呢，快进来看看！"

我出于惯性走了进去，老伯拿出一本新到的《科幻世界》说："这期有何宏伟的《异域》，故事很有意思，你不是很喜欢他的作品吗？这期肯定不能错过了。"

我木然接过杂志，机械地翻了几下，目光散乱，根本没看清上面写的是什么，只觉得视线渐渐模糊。老伯并没有觉察到我的异状，还继续说："还有上期刘慈欣的《宇宙坍缩》你看了没？故事很有新意，这个女作者我觉得潜力很大……哎呀，差点忘了，你不是上月高考吗，上一期不是还讲过记忆移植？听说高考题就是这个，真是太巧了！你一定考得不错吧？"

听到这句话，我的眼泪忍不住夺眶而出，划过脸颊，忙扭过头。

"小谢，你怎么了？"老伯终于发现了我的不对，抓住我的肩膀问。

我逃不脱，也再也无法控制自己，哭了起来。

“这是怎么了，有话好好说啊……”

我的眼泪却如洪水决堤，即便用眼角余光看到店里的小姑娘在一旁惊讶地望着我，也无法再克制多少天来强压下去的痛苦。我一边号啕大哭，一边诉说着自己的委屈，连我自己也不知道在说什么。

过了很久，我哭得累了，才渐渐停下来。老伯也大致了解了情况，递给我纸巾擦去泪水，语重心长地说：“没事的，你还小，这只是人生中的小风浪。十几年前，我曾经遇到过比这还大很多的打击，现在也都过来了……”

我苦笑了一下，这种空洞的安慰对我有什么用，我就不该来这里丢人。

我低声嘟囔了一句“谢谢”，扭头就要出门。

“等等！”老伯在后面叫住我。我回头看他，他像下定了决心似的说：“关于你的未来，也许我可以帮到你……”

“你帮我？”我诧异地问。很多小说电影的情节在我脑海浮现，他是隐居的亿万富翁，还是什么秘密特工机构的负责人？

“你先进来。”他对我招手。

我跟着老伯走进了内室，那里有我曾经偷看过的一书架科幻类的藏书。不过再里面还有一条楼梯，我跟着他上楼，楼上有两间门半开的卧室，应该是他和他女儿的，不过最里面还有一个房间，里面摆着一张大桌子，桌上放了一部当时还挺稀罕的电脑，应该是自己配置的，旁边放着好几本全英文的书籍以及许多写满公式和画着奇怪图案的稿纸，角落里有一张车床，上面有锤子、螺丝刀、游标卡尺等大小工具，还有许多古怪的仪器、零件、芯片和各色线缆，我认出来了一个盖革计数器——怎么会有这东西？

最醒目的，是在房间正中间的一个黑色箱子，至少两米长，一米多宽，看质地应该是铁的，它看上去像是一个妖异的黑洞，吸收着周围的一切。

我回头惊讶地看着老伯。

“这是‘梦之箱’，”他郑重地告诉我，“能够让梦想变成现实。”

“这……伯伯，你别拿我开心了……”我无力地说。

他反问我：“薛定谔的猫你知道吗？”

作为科幻迷的我当然知道，薛定谔的猫就是把一只可怜的猫放在一个箱子里，通过一个特殊的机关用量子态的坍缩来决定是否放出毒气，亦即决定猫的生死，而坍缩必须通过观测进行。在打开箱子观测前，这只猫处于不可思议的生死叠加态。但这和梦想有什么关系？

“难道进了那个箱子，我就成了薛定谔的猫吗？”我没好气地问，感觉这是一个恶作剧。

“不，完全相反，是整个世界成了薛定谔的猫！”他说，两眼放出奇异的光彩。

老伯告诉我他的基本思路，其实并不复杂：箱子的意义在于将这个世界分成两部分，一边是猫、毒气装置以及一部分空气，另一边是整个地球和宇宙。里外的区别并不重要，比如说把观测者关进箱子，而把猫和毒气装置放在外面，那么当观测者进入箱子之后，猫对他仍然处于量子叠加态，甚至可以说，整个世界对他都处于量子叠加态。

把猫替换成其他量子态相关事件也是同样的。老伯说，意识本身是量子态的，这导致一切人类行为本质上都呈波函数发散。比如如果躲在箱子里，外面是两个剑客决斗，但听不到任何声音，那么在观察者打开箱子查看之前，两个剑客也同样是生死叠加的。

但其中有一个变数，即观察者自身的意识，本质上量子态的坍缩必须通过意识作用。如果观察者在箱子中已经通过自己的意识“选择”了某个结果，那么在他打开箱子之前，这个结果就已经确定了。

我听得疑窦丛生，忘记了自己的可怜处境，下意识地从科幻迷的角度质疑起来："这就跟沈星光小说的情节一样，破绽很多啊，比如我买彩票，只要在箱子里许愿说能中奖就能中奖了？"

"当然并不是你想要选择什么就选择什么！"老伯瞪了我一眼，"关键在于，意识本身就是神经元组织微管的一种量子作用……"

我想起来了，他引用的是罗杰·彭罗斯《皇帝新脑》中的意识理论，这本书我去年看过，看得云山雾罩，但知道并不是胡思乱想，不觉稍微有点儿动心。

老伯说，他是学物理专业的，又多年自学脑科学，发现意识并不是单纯的量子叠加态，也不是坍缩后的结果，而是坍缩过程本身的表现，它在不断地坍缩中，又在不断地发散。梦境就是其中一种特殊的形式。梦中的世界光怪陆离，实际上是意识最原始的状态，整个量子云纠缠在一起，飘忽不定，当然在梦中已经有一些不同的坍缩样貌，但是还没有发生退相干，所以千奇百怪。常常有"梦是反的"这样一个说法，因为当人醒来的时候就开始了反向坍缩，在梦中最后记住的东西，恰恰是不同世界退相干之后的一个残影……

本来量子态的坍缩是人自己无法控制的，但是他发明了一种特殊的装置。这装置的设计非常巧妙，它能够通过脑电波，读取人在某种半睡半醒中的大脑状态，找到令人最舒心的梦境，并给人以电流刺激，让人在这一时刻醒来，内外合一，将这种可能性坍缩为现实。

我仍然不怎么相信："还是不对吧，薛定谔的猫是生是死，是现在发生的，但未来的事情，比如说十年后我会不会变成百万富翁，是十年后的事，怎么能现在就决定？"

老伯摇了摇头："你错了，记得《你一生的故事》吗？"

我恍然有所悟。特德·姜的《你一生的故事》发表于1997年，当时尚没有中文版，老伯去年在英文网站看到了这个故事，还特意复述给我听。故事表面上是说人类和外星人的接触，但内核是讨论宇宙的超时间存在。老伯的意思是：事物本身压根儿没有线性时间，当意识坍缩到某种可能性的宇宙之后，哪怕是一百年以后发生的事，这条路径也在当下全部决定了。过去、现在与未来是一体的。

我仍将信将疑："即便能有这种机器，那得多高精尖啊，这个小作坊能搞出来吗？"

"世界上最高精尖的机器就是人的大脑，由一千亿个神经元组成的网络，它产生的意识是最不可思议的事。你听说过量子自杀悖论吗？"

我点点头，我在一本讲量子力学的书上看到过这个古怪理论：人的意识本身是观测者，它的自观察总会在死亡面前选择生存下来，也就是说，如果人是薛定谔的那只猫，那么一个人在自己的宇宙里就永远也不会死去。

"其实量子自杀悖论正是意识自我选择效应的体现，这个装置只是利用了意识的特性并将其放大而已。"

他又解释了一些具体的机制，涉及许多公式和数据，我基本没听懂，但在这奇怪的氛围下，我开始越来越相信他，我想，让猫变成量子态的箱子也不需要造原子弹的工厂才能造出来，这个黑沉沉的箱子也许就能改变我的命运呢……

"当然，我也不能保证成功，"老伯话锋一转，"这个梦之箱才造出来，还没有做过几次实验。不过反正是无害的，你吃一颗药，然后躺在箱子里就行，敢不敢？"

我一咬牙："我连死都不怕，还怕一个箱子？"

老伯递给我一枚胶囊和水，我一口服下，毅然迈进箱子。箱子里面容身的空间只有一半，非常狭窄，另一半被一个硕大的黑色模块占据，从里面伸出几根线，连接着一个十分简陋的头盔，我只能戴着头盔，蜷缩身子躺着。老伯叮咛我说："你只要默念自己未来想要的事情，然后放松精神，这种药能让你的意识发散，进入梦幻交错的量子态，然后箱子就可以帮你固定自己的未来了。"

"明白，不过……我不会憋死在里面吧？"我有点儿担心，忘了自己一小时前还在寻死。

"留有缝隙的，不影响观测。"他说。

就这样，在那个诡异的命运之夜，我诡异地躺在棺材一样冰冷的铁箱底部，看着头顶黑暗压了上来。一片漆黑中有一个小小的红灯闪烁着，我盯着它，想着自己未来想要做什么，但忽然间进入这诡异的地方，千头万绪一时也想不清楚，慢慢地，那个红灯像一滴红墨水一样发散开来，幻化成千变万化的形状……

我睡着了，又不像是睡着。我如同做梦，又如同飞升。我的意识弥漫到全宇宙，无限可能的生活在我眼前展开，但我又不再是我，我变成了世界万物，变成了量子之海，变成了毗湿奴的一个梦。

沈星光之死

我呆呆地坐着，回忆的潮水一遍遍冲击着脆弱的现实。眼前的一切如化为概率云般恍惚迷离。

"想起来了吗？"沈淇说，"当你醒来的时候，你嘟嘟囔囔地说什么'我上燕大了'，我爸问你还梦见了什么，你说什么'《科幻世界》发表'，什么'银河奖……'"

我惘然摇头，我根本记不起来当时梦见了什么，又说了什么。因为被强制唤醒，当时药效没全过，我根本就意识不清，只是约略记得后面的事：我从箱子里出来，老伯让我在他的床上休息一会儿，我躺上去竟又睡着了，前几天加起来也没睡几个小时，我再也撑不住了。

半夜三更的时候，我爸妈和沙老师他们冲了进来，围着我又哭又笑。原来我留下的遗书被他们发现后，他们急得不得了，马上联系所有人全城大搜，甚至报了警，根据录像监控找到了这里。我被他们带回了家，看到父母老泪纵横，我也心生悔意，跟他们说自己不会再犯傻了。后来，我家里再也没人提这事，大家都装作从来没这回事。我在心底也深深为之羞耻，所以后来我根本不愿去想它，直到一个多月后离乡，也没有去过星光书店。我爸爸的工作调动其实也和这事间接有关，对我们全家南川实在是一个心理阴影。后来，我也相信了这一切从来没有发生过，我就是在家里太累了，睡着了，做了一个去书店的怪梦……

“箱子里的事，我都不记得了……”我说。但沈淇没理由骗我，我当时在幻想中梦到这些事是很可能的。难道我当时真的超越了时空的限制，梦见和选择了自己的未来？这十八年来的一切，都是在那个诡异如梦的夜晚被决定的吗？进一步想，这十八年来，我的人生是真实的，还是梦境的一部分？会不会我至今仍然在那个黑暗的箱子里，仍然在做那个漫长无涯的梦？就像那个古代传说一样，漫长的一生梦醒，边上煮的黄粱饭还没有熟……

“可我记得，”沈淇把我拉回到现实，或者这个至少像是现实的世界，“我在门缝里都看到了……这才知道我爸瞒着我一直在捣鼓什么。虽然你们说的很多东西我听不懂，但我知道，那个箱子可以实现我的梦想，让我去日本当漫画家……所以当天夜里，我偷偷地溜进去，依样画瓢地吃了一枚胶囊，按下按钮，躺进箱子里……其实我也不记得自己具体做了什么梦，但记得一点，我在睡去前，心里一直在想‘我要去日本，再也不要看到我爸了’……”

我又悚然一惊，终于明白了沈淇得知我成为科幻作家后的震惊和恐惧。如果梦之箱能够令我的梦想成真，那么对沈淇也是一样……

“一个月以后……”她颤声说，“我爸真的就……我到底干了什么啊……”

“可是沈伯伯是怎么去世的？”

“他是死在箱子里的。”

“啊？！”我没想到沈星光的死也和那箱子有关。

“可能是某次调试，我不知道，他从外面的高压电线上私自接了一根线到箱子上，然后他像我们一样躺进去，关上盖子……但是不知怎么就出事了。当时我在学校里，回家找不到他，到了他房间才发现不对……他还躺在箱子里，但已经触电身亡了……那天半个县城都因此断电了……”

“那警察怎么说的？”我问，这种离奇的死法警察应该会调查吧？

“我告诉了他们这个梦之箱的事，当然那些具体的原理我也搞不清楚，警察也没当一回事，在他们看来，就是一个神经搭错的人想搞发明，结果玩砸了。一个警察跟我说，其实这种事并不像我们以为的那么少见，地区里每年都有好几起……”

我安慰她说：“可能的确像警察说的那样是巧合呢？其实你爸的事是他自己不小心，和你没关系……”

“你还不明白吗？箱子不会参与到具体的因果关系，而是选择因果链本身的，选择哪一种因果链会变成现实！”

“但你只是选择离开你爸，不是要他死啊。”

“我不确定最后在幻觉状态看到了什么，但是就像刚才说的，爸爸不死，去日本的梦想几乎不可能实现，这是最可能的因果链条，而且我之前也不是没有想过那些事……可是真的发生了，我……我才知道自己有多幼稚……我跟自己说，一定是巧合，一定是巧合，怎么会有这种事？就这样，说着说着，我慢慢也说服了自己……后来我去了日本，又发生了很多事，我才知道世界上没有天堂……这些年我一直很想爸爸……只恨我太不懂事……”随着她的讲述，一串串泪水从她眼角滚落。

她擦了把眼泪，稍微平静后继续说：“后来我长大以后，也的确不再想起那个箱子了，因为这不可能是真的，这不可能……我甚至让自己忘了那一晚的事……直到上个月，我知道你当了科幻作家，还得了那个什么银河奖，我才五雷轰顶，这说明那个箱子真的是有魔力的！未来真的是可以被它决定的！那些事情都在我心里翻上来了……你以为我爱喝酒吗？过去的整整一个月，我不喝醉都睡不着……我怕面对自己……我到底干了什么啊……呜呜……”

她终于崩溃了，趴在茶几上痛哭起来。

我想安慰她几句，却不知从何说起，我自己也在极度震惊中。我回顾自己过去的人生，的确充满了许多巧合，比如中关村文理学院和燕大合并，我一个普通二本生，一夜之间成为中国最顶尖学府的天之骄子；比如多年后，我在国外写了一本狗尾续貂的同人小说，因缘际会在网上传播开来，因此有机会在《科幻世界》上发表……难道都是十八年前那个神秘箱子选择的命运路径？看来只有找到那个箱子，才可能知道答案……

“那个箱子还在吗？”

“其实我找你就是为了这个，”沈淇收拾了一下心情，抬头说，“我们要把那个箱子给找回来！”

“找回来？”

“我要它再为我实现一个梦想，”她看着我，目光炯炯，“我要爸爸活过来，它能让我爸爸离开，就能让爸爸回来，对吧？”

我有点儿疑惑，明显违背自然规律的事物也是能够坍缩的可能性吗？但看到沈淇渴盼的目光，又不忍泼她冷水。

沈淇告诉我，沈星光去世后，那个箱子被警方拉走，当证物保管了一段时间，后来觉得没什么好查的，又发还给她。沈淇当然一点儿不想要这个害死了父亲的不祥之物，一看到就浑身难受，但毕竟是父亲一辈子的心血，也不忍心随便扔给废品收购站。最后她想到一个办法，把房间里的所有图纸和手稿，都塞进了这个箱子，然后去劳务市场找了几个农民工，在箱子上包裹了好几层塑料布，用车连夜拉到南川河下游，沉进了河里。整个过程中，那几个民工明显满腹狐疑，好像怀疑里面藏着尸体，不过看在钱的分上还是干了。

“我记得当时是在南门外的玉带桥中间扔下去的，应该比较好找。”她说。

我们稍微收拾了一下，一起去了玉带桥。不过到了那里，我就知道没戏了，和南川河其他段一样，这里的整条河道都已拓宽，连堤岸也是新修的，应该已进行了全面的疏浚治理。沈淇大概以为扔在河里就跟张献忠的沉银一样过了几百年还能捞上来，实在太天真了。

不过我们还是做了一点儿尝试，找来附近的渔民，许以重利，让他们在相应位置下水摸了一番，他们有些是职业捞尸的，经验十分老到，那么大的箱子如果还在那里，不会摸不到。

就这样找了三天，什么都没发现。沈淇站在桥头，还在不甘地跟我探讨其他的可能性，比如说被河水冲到下游或者埋在淤泥深处。我不得不告诉她：“算了，别说后来疏通河道的时候肯定会被清走，其实很可能第二天就没了。”

“怎么会？”

“这么大一口金属箱，你这么郑重其事地沉到河里，那些民工肯定以为里面有什么宝贝，可能你一走，他们就又找船拖上来了，要是我就这么干。哪怕发现不了什么，也会转手当废铁卖了，哪里还能留下来。”

“说得也是……我真是个智力障碍者啊……”

沈淇苦笑着说，望着南川河上无情翻卷的泡沫，身子晃了晃，仿佛难以支撑地扶住栏杆。她这几天把虚无缥缈的希望寄托在这口箱子上，但梦想终究会破碎。我以为她又要痛哭，但她深呼吸了几口，终于站起身，头也不回地走了。

我们各自定了第二天回去的机票，当天晚上我和沈淇又去了那家“竹林酒吧”，各怀心事，想要大醉一场。沈淇叹息说：“你说我怎么就那么蠢呢？如果说我爸真发明了那种宝贝，能让人实现内心的愿望，他就是比爱因斯坦还伟大的科学家，我还要去什么日本，真是蠢到家了……”

我也下肚几杯红酒，带着醉意说：“你也别埋怨自己了，我才是智障人士，真有这种宝箱，我怎么不做梦成为世界首富呢？或者曲华这样的大作家呢？就算要写科幻，咋不许愿得个雨果奖呢，那一辈子就啥都不愁了……怎么就成了这么个三流写手……”

“还雨果奖呢，”沈淇醉醺醺地笑着，“你编的故事不行，特‘直男癌’，好多篇我根本看不下去……”

“呸，你那漫画不也是靠着你的颜值当卖点嘛……比我强哪儿去了……”

我们相互讽刺了几句，最后我摇了摇头：“也许你说得对，我根本不适合干这行，说起来，都是你爸二十多年前骗我上了贼船，要不然我高考也不会考砸，现在也许好好地当公务员捧铁饭碗呢……你爸真是把我害惨了……都怪他……”

“不、不许说我爸！”沈淇口齿不清地警告，“当心我打、打你，我爸怎么说也是你的前辈……”

“拉倒吧，你爸写得也不怎么样，我看过他后来投给《科幻世界》的稿子，江郎才尽啊，一堆乱七八糟的……根本毫无——”

我忽然想到什么，待在了那里。

“你胡说八道，你——”沈淇正在骂，看我异样，问，“你怎么了？”

“稿子，”我喃喃说，“那篇稿子——”

我酒醒了八分，打开手机，调出前几天吴老师发给我的几张照片：“其实箱子本身不重要，重要的是其原理和图纸。”

“可我也都扔了啊……”

“但是可能有一份保留了下来……”我给她看手机上的《梦旅人》手稿的照片，“这篇小说技术部分非常详尽，说不定就是本来的设计方案！前几天我没看下去，我以为是觉得无聊，其实是因为潜意识里感到害怕，不敢触及内心的禁忌！你看这里已经提到了梦的原理，还引用了弗洛伊德、荣格、阿瑟林斯基、米奇森、麦克莱恩……这一页写到了彭罗斯，这是最关键的地方！哎，后面没有了……”

沈淇也清醒了大半：“稿子的全文在哪里？”

“应该在《科幻世界》杂志社，”我说，“但不知道还找得到吗……”

“我们去《科幻世界》！”沈淇毅然起身。

科幻世界

这件事后来的发展，可能不少师长朋友也知道，但为了当事人的隐私，我没有说明详情。沈淇和我一起改签机票去了成都，以沈星光女儿的身份拜访了《科幻世界》编辑部，又去找了已经退休的杨萧老师，兜了一大圈，最后从一个尘封已久的档案袋里找到了《梦旅人》完整的一百多页手稿。

看着满纸的数学公式和外文符号，沈淇一边高兴一边也傻了眼，这内容压根就看不懂。她问我是什么意思，可我的理学功底也有限，难以理解。

“交给我吧，我来想想办法。”最后我说。

作为科幻作家，我总算认识几个搞科研的朋友，我用微信把手稿的技术部分发给了三个物理学家和一个生物学家，请他们帮我看看是否靠谱。

生物学的部分还好，比如其中一种药的成分，其功能是让人在舒缓的情绪下产生一系列幻觉，我的生物学家朋友并不是特别了解，又去问了药理学的专家，结果答案是：这个药的成分是虚构的，但是用大麻之类的违禁药物有可能达到这样的效果，技术上难度不大。那次沈星光给我们吃的胶囊的确有这个功效，也不知他从哪里弄来的。

物理学方面问题就比较多了，一位在剑桥获得物理学博士的朋友，我发过去后五分钟就回复：“典型的民科，讨论这个是浪费时间。”

另一位朋友说话客气点儿，但潜台词的意思也差不多：“哈哈太高深了，大概杨振宁才看得懂，惭愧帮不上忙！”

第三位学者是著名的理论物理学家林淼教授，他对科幻很感兴趣，我在一次活动中有幸认识了他，便大胆发过去。他很长时间内都没有回复。我想人家一个大科学家可能根本不屑看这种莫名其妙的东西，感到很不好意思。谁料过了半个月，林淼忽然给我回了很长的内容，大意是，这个猜想很有趣味，作者也的确精研过相关的物理理论，有些地方他看不懂，不好下定论，不过其中有一些明显的疏漏，还有一处计算错误，他在稿子的打印稿上一一都标了出来。

我问他，先不论细节，理论上来说这种机器是否可能造出来？他说，理论上是有可能的，不过其中有一处难以跨越的障碍——能量。

他解释说，量子不确定性是可以从数学上描述的。波函数的模的平方就是某个粒子在某处出现的概率密度。比如电子云理论上可以在宇宙中任何地方，但你测量一百万次，基本上也只能在原子核附近某些位置，要让电子在别的地方被发现就需要在坍缩时注入能量。根据他的计算，选择越精确，能量也呈指数级增长。比如要成为有钱人，大概需要太阳级的能量输出，而要成为世界首富，可能需要整个银河系的能量输出，如果要让死人复活之类的可能出现，就要让几亿亿个原子以完全反常识的方式重组起来，一百亿个宇宙的能量都不够……其实，哪怕是最简单的选择也是目前人类的能量利用功率根本达不到的。所以这种机器现阶段根本造不出来，只能用来写科幻小说。

林淼教授的说法看上去很翔实可信，事实上，我所困惑的问题也得到了解答，梦之箱的确是有限制的，不可能随便心想事成。但是否一定做不到呢？这未必就是结论。从日期看，沈星光的那次投稿是在1995年，而造出梦之箱是1999年，我最后一次去星光书店时，这箱子应该刚造好不久，中间隔了四年，有没有可能沈星光在这四年里设法在理论问题上有了突破，并且大大改进了技术？也许最终启动箱子不再需要那么大的能量，用一般的电源就可以？

可能对于沈星光来说，最后一次投稿石沉大海对他来说是一个不可接受的打击，他从此下定决心要真正实现这篇小说中的技术来证明自己，让科幻变成现实！这真是一个科幻作家最高的野心！然而最终却以悲剧收场。

另外我注意到，《梦旅人》的最后一部分和《温柔乡梦幻曲》不一样。在《温柔乡梦幻曲》中，科学家死去了，但《梦旅人》却是一个开放式结尾：反派围攻了科学家的实验室，要夺取梦之箱。科学家最后抱着年幼的女儿躲进了箱子里，他要选择一个未来，一个他们都能获得幸福的未来，虽然这机会太过渺茫，但他总要试一试……故事就在这里戛然而止了。

这让我想到一个问题，为什么沈星光最后死在了梦之箱里？毫无疑问，他有一个梦想要实现，但那个梦想是什么呢？如果是一般的追求，比如返回科幻界、出版新书之类，应该普通操作就可以了。他之所以在事故中丧生，是因为接入了高压电源，也就是说，他追求的是一个和小说中一样渺茫、需要极其强大的能量才能实现的未来，那个未来是什么呢？

我一直想不出答案。

后来，我经过反复考量，把几位物理学家，特别是林淼的回复经过筛选后，截图发给了沈淇。我发的那部分内容斩钉截铁地证明了梦之箱只是一个似是而非的空想，绝对没有实现的可能，即便造出来了某种实物，也不会起作用，所以沈星光之死和沈淇没有任何关系。我想也许这样，才能让沈淇从弑父的罪恶感中解脱出来。

科学家的权威终于让沈淇相信了这个解释，她也如释重负，向我道谢。后来我们联系渐疏，很快也就断了，大家都回到了日常生活中，在这凡庸世界追逐着各自世俗的虚名浮利。

不过我没想到，这事最近还有一点儿余波。

前几天，沈淇忽然给我发了一条微信，问我的地址，说要寄书给我。我想可能是她的新书，也没太在意，就道了声谢，告诉了她地址。谁知第二天，我收到了来自南川的一个包裹。怎么会在南川呢？我有点诧异地打开，竟然发现是一本用塑料膜仔细包好的老杂志《科学文艺》。蔚蓝色的封面，上有火箭和原子的简约美术图案，下方写明，这是 1979 年第一期，正是《科幻世界》整四十年前的创刊号。我知道这是本很珍贵的刊物，许多收藏家都找不到，我只见过照片，怎么会寄来给我？

我翻开书，一张夹在里面的照片落了下来，捡起来一看，照片上是一个装修一新的店面，门口挂着一块招牌，上书“星光书店”四个字。我吃了一惊，仔细端详店面门窗以及周围景物，果然就是当年的星光书店、后来的竹林酒吧！但这装潢虽然有当年书店的影子，却又显然不是 20 世纪 90 年代，门口还贴着《流浪地球》的电影海报，显然是刚拍下来的。

我翻过来，看到上面有几行娟秀小字：

宝舒学长：

看到照片吃惊吧？我已经回南川半年了，把我家的房子又买了回来，尽量改回了以前的样子，一楼当书店，二楼就作为我的工作室。书店仍然包罗万象，不过主题是科幻和漫画，你说我爸要是知道，不知道会开心还是生气呢？

当年我卖房子的时候，大部分书都处理掉了，不过我爸在里间有一架特别收藏的书，我没舍得卖，装在箱子里，跟我一起到了日本。这些年我也从来没打开过，可能是我不想面对我爸的过去吧。不过现在这些书已经重新陈列在了店里，当然，是非卖品。

我整理的时候意外地发现这本杂志，它应该是属于你的，所以快递给你，你看了就明白了。

写科幻还顺利吗？要是哪天写累了想改行，就来我店里当伙计吧——开玩笑啦，不过的确希望有一天你能回南川来看看，也帮我规划一下书店，科幻我实在是不懂啊。

祝好！

沈宇

我放下照片，心潮起伏了一会儿，翻开杂志，看到微微发黄的目录页，这一期名家云集，有郑文光的《“白蚂蚁”和永动机》、叶永烈的《谁的脚印》、童恩正和沈寂的电影剧本《珊瑚岛上的死光》（第二年它被拍成了中国第一部科幻电影）、刘兴诗的科学诗……当然，还有沈星光那篇《一亿年前的星光》。

最醒目的是，目录上有各种笔迹的签名，这一期大部分的作者，像郑文光、叶永烈、童恩正、刘兴诗乃至沈星光的名字都在上面，没有日期，但估计是在那几年中的某次科幻会议上沈星光收集的作家手迹。对任何一个中国科幻迷来说，这本杂志都价值连城。

在签名的下面，竟然还有一行颜色不同的字迹：“宝舒：愿你爱上这科幻世界”，没有署名，但显然是沈星光写的。

难道这是沈伯伯打算送给我的礼物？可为什么我从来不知道？

我看着那十一个字，渐渐想到，这应当是 1999 年我们离别后他写的，想送给我这本杂志，希望这件珍贵的礼物能够给我打气，帮我抚平伤口。可是谁能想到，我一直没去店里，他还没来得及送出去就……

泪水渐渐模糊了我的视野，我哭了起来，泣不成声。当年知道沈星光的死我都没有太伤心，因为那早已是往事，但此刻我才深切感到那远去的岁月中我曾经燃烧的激情，以及与一位老人之间历久弥新、无法磨灭的羁绊。

我擦去泪水，端详着那句话，又发现意思并不太通，我当时早已经是一个资深科幻迷，又何须祝福我去爱上《科幻世界》？这话说给沈淇还差不多，但明明又是送给我的……等等……科幻世界……科幻世界……不应该没有书名号啊……

忽然间，我醍醐灌顶，明白了沈星光的深意。

科幻世界，并不是一本杂志，也不是远离现实的幻想王国，它就是——我们的世界。

我们平凡庸俗又冷酷无情的现实世界，也只是浩渺宇宙中的尘埃，是量子之海上的涟漪，是高维空间的局部投影……科幻的秘境早已渗透现实，改变现实，塑造了现实，只是我们习焉不察。但沈星光在研究意识和现实的关系中，看到了这世界深层的本质。它从未一劳永逸地坍缩成某种不变的坚固之物，而是一直在我们的梦想与选择中不断弥散，永远绽放出无尽的可能性，惚兮恍兮，其中有象；恍兮惚兮，其中有物。

这就是沈星光给我上的最后一课：对科幻的爱不是逃避现实，而归根到底是对现实中所蕴含着的无限可能的追寻，和这充满奇妙可能的世界所签订的爱的契约……

我福至心灵，拨通了沈淇的电话："听我说，我知道沈伯伯最后在那箱子里要做什么了！"

"什么？"

"他想要打开的是科幻世界！也就是让科幻的种种可能性从世界的深层维度释放出来。甚至可能他已经成功了！根据多世界理论，也许最后一次实验，他开启了另一条时间线的分支，生活在一个平行宇宙里，也许在那个世界他已经远航银河深处，或者和你一起在虚拟世界中幸福生活……但即便是这个世界，也是一个科幻的世界，我们一直生活在科幻世界里，也许所有的平行宇宙最后都会交汇！也许他会穿越世界的壁垒回来！我们会再次相见的！”

“我不明白，但是……”沈淇期待地问，“你是说……爸爸真的会回来吗？”

“在这个科幻世界，一切都可能发生。”我说，嘴角浮起一丝微笑。

放下电话，我的内心忽然被久违了的表达欲望所充满，我已经很久没有像今天这样渴望写作了，因为多少年来，我已忘记了写作的本质。作为科幻作者，我们早已拥有了简单版本的梦之箱，我们写下的不是单纯虚构，不是低于现实一等的胡思乱想，而是这世界所蕴含的量子之云与可能之舞。当我们写出它，就是赋予一个又一个可能性以生命，去激活现实，去创造梦想……写吧，写吧。

我深吸了一口气，打开电脑。但面对一片空白的文档，又不知写什么好，过了很久，才打出了七个字的标题：

我们的科幻世界

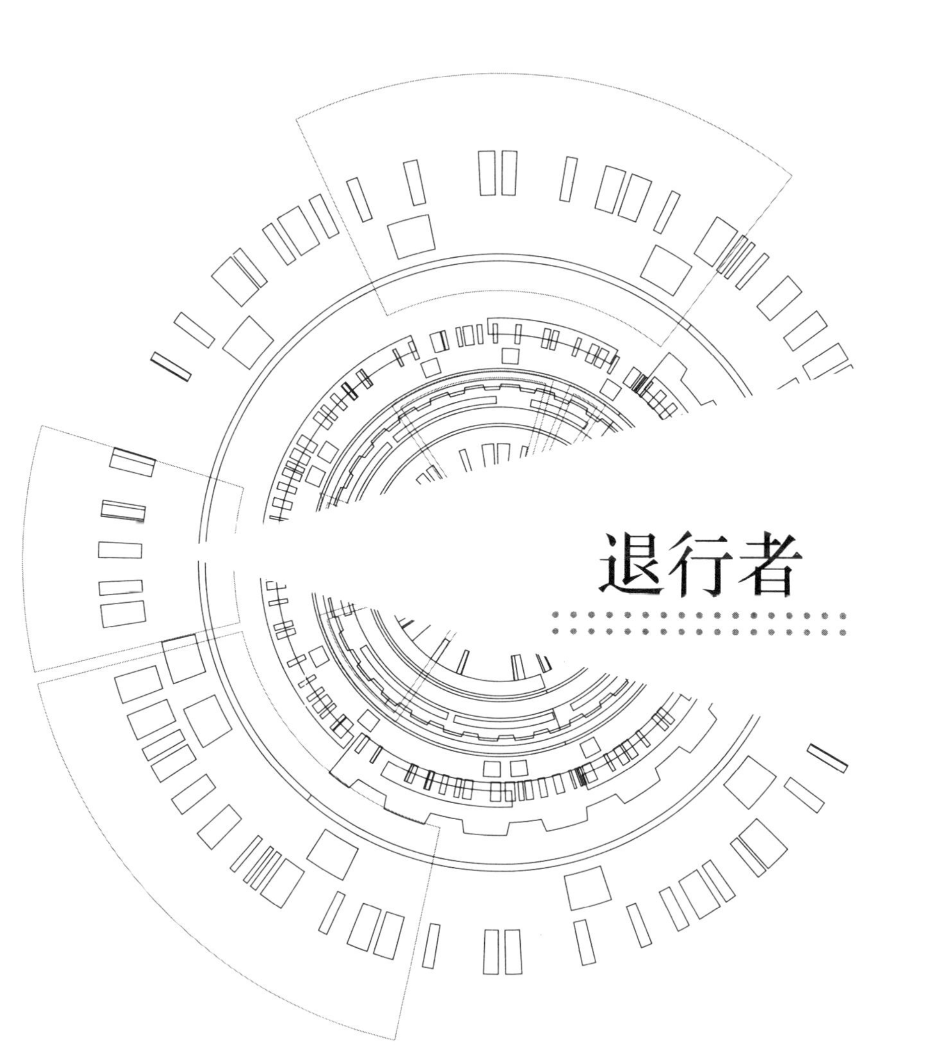

退行者

一

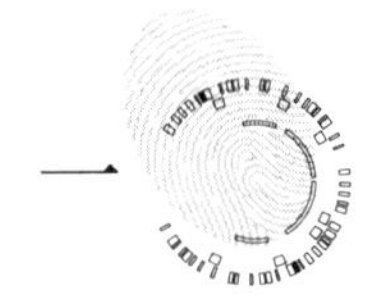

毫无征兆，飞机就掉了下去。

当时，他正在商务舱里绘声绘色地给妻女讲这次欧洲之旅的精心安排，妻子两眼放光，女儿兴奋地大叫爸爸真棒，空姐体贴地送上刚煎好的牛排和红酒。窗外阳光璀璨，洒在棉花糖般的云朵上。事后想来，当时他的人生堪称完美，事业蒸蒸日上、生活优裕富足、家庭幸福和睦，他也相信一切将变得越来越好，直到岁月的尽头。

忽然间，机身猛烈地抖动，他心脏一紧，身子随之没着没落。各色食物和饮料飞向空中，尖叫声此起彼伏。女儿没系安全带的小小身体也飞了起来，重重地撞到了行李架上，他想去抓她，但没有抓住。一切都如飞入太空般失重。他在慌乱中向窗外瞥了一眼，下面连绵的雪山正摇摆着迎上来，就像是有一个巨人从下面攫住整架飞机，把它狠狠地拉往地面。尖锐的警报响起，氧气面罩弹在他面前，但他来不及戴上，已晕了过去。

他被一阵寒风吹醒，发现机舱只剩下了一半。扭头看去，妻子的身体像是个被踩瘪的洋娃娃，扭曲得他都不敢多看一眼；女儿蜷缩在地上，身上没有什么伤痕，看似只是睡着了，但是身体已经冰冷，无论他怎么喊也醒不过来。周围还有许许多多的尸体和残肢，但没有其他人还活着的迹象。

他却奇迹般地没有死，甚至没有受致命的重伤，只是一条腿断了。他无助地哭了起来，跌跌撞撞地爬出机舱，发现飞机坠毁在险峻的冰峰雪谷之间，事后推算，这里应该是西藏或青海的某条山脉深处。举目几乎没有任何人类的足迹，然而对面的悬崖上却奇迹般出现了一点红色，似乎是一座寺庙。希望又在他心中燃起，他忍着腿上的剧痛和刺骨的寒冷，一瘸一拐地挪动过去，求庙里的人施以援手。

他走了很久才走到那里，庙里只有一个老喇嘛，老得像有两百岁，白胡子几乎要垂到地上。面对他的哀求，老人带着浓重的口音说，我看到飞机掉下来，但我也救不了谁，这是命数。你在庙里休息一下，等外面的人进山来搜救吧。

他的心冷下去，一切已经无可挽回，妻子和女儿都死去了，自己活着还有什么意思呢？他悲从中来，号啕着要从悬崖边上跳下去。

老喇嘛不忍，拉住他说，罢了，上天有好生之德，我还有一个法子，也许可以救他们。

他重新鼓起希望，忙问究竟。老喇嘛道，有一个威力无穷的密宗咒语，称为“退因缘行咒”，据说是打不动明王传下来的。只要从头到尾念一遍，就可以解开因缘的脉络，退回到许多因缘缔结的状态。但具体退到何处，无法确定。如果有人懂得使用这个咒语，就能让整件事重来一遍，避免灾祸，救出自己的亲人。

他将信将疑，但像溺水的人只得抓住身边最后一根稻草，此时他只能选择相信，求老喇嘛教给他咒语。老喇嘛缓缓道，这个咒语本不能轻传，今日你来到这里，是你我的缘法，我可以教你，但你要记住，咒语只能使用一次，用完后就要忘记，否则定会出现不可测的灾难。

他自然一口答应，花了半小时，记熟了那个复杂拗口、不明意义的梵文咒语，闭上眼睛，深吸一口气，然后一字字念了出来。等念到最后一个字，一阵奇异的晕眩感从四面八方袭来。

二

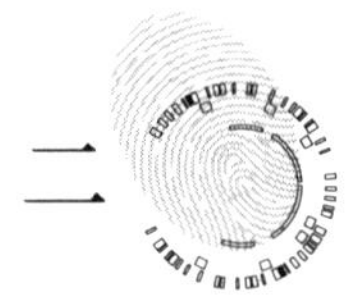

再睁开眼睛的时候，他发现自己还是在机舱里，妻子和女儿好好地在自己身边说说笑笑，只是客机还在机场，尚未起飞。他擦了擦眼睛，原来真的回到了几个小时以前！他几乎以为是做了一场噩梦，但坠机的可怖画面还在眼前闪现，妻子和女儿死去的惨状刻骨铭心，他心中一凛，知道这不会是假的。

机体轻微地振动起来，开始在跑道上滑行。他如惊弓之鸟，大叫起来，让飞机不要起飞，说它会掉下来，妻子面红耳赤，拽着他袖子，让他别胡说八道，他无暇解释，只能甩开她。机组人员也过来阻止，让他保持安静，周围人都当他是笑话，眼看说什么都没人信，飞机就要起飞，他一横心，大喊一声，飞机上有一颗炸弹，马上就要爆炸了！

这回所有人都恐慌起来。飞机立即停止滑行，所有人都被带离飞机，警察和技术专家随即赶到，将飞机仔细检查了一番。结果当然并没有炸弹，也没发现任何故障。折腾了半天后，只有他们一家人被留下，客机如常起飞，也一路平安，抵达了欧洲。坠机压根没有发生，也许当时是一颗陨石砸到了飞机上，也许是一只鸟撞进了发动机，既然没有发生，原因也就无法知晓了。

所有人都捡了一条命，但这只有他自己知道。没有人感谢他的救命之恩，他还因为扰乱公共秩序被警方拘留了很多天。

一开始，他虽然觉得委屈，但总算救了家人和整机乘客的性命，感觉还是值得的。然而事情还在继续发酵，他大闹机舱的视频被好事者传到网上，引起了社会公愤，他的身份也被人肉出来；公司为了维护自己的声誉，宣布将他这个高管除名，他前程尽毁；同时航空公司和一些耽误行程的旅客还在起诉他，要他给出巨额的赔偿。失去了高薪的工作，他连房子的月供都还不起了，好不容易买来装修好的独栋别墅将会被银行拍卖。妻子和女儿一直没有好脸色给他看，他告诉她们事件的原委，可她们都不相信，妻子觉得他精神出了问题，女儿也变得越来越怕他，看到他都尽量躲得远远的。有一次，妻子差点儿把他骗到精神病院去治疗，他勃然大怒，把妻子骂得狗血喷头。

第二天，妻子带着女儿离开了，他花了好几天都找不到她们的下落，其他亲友也都躲着他。他放弃了，此后，不是喝得酩酊大醉就是通宵玩网络游戏，无时无刻不在麻醉自己。

一天深夜，他从宿醉中醒来，头疼欲裂，发现自己躺在客厅的地板上。地上扔满了烟头、酒瓶和外卖的饭盒，凌乱而死寂，让他想起另一个时空的空难现场。他想起不久前，家里还是整洁明亮，充满了一家人的欢声笑语，便悲从中来，泣不成声。为什么明明他拯救了家人，生活还会变得如此糟糕？中间究竟出了什么问题？

是那个神秘的咒语改变了一切。显然，问题就是他退行的时间太短了，如果当时退到登机之前，随便找个理由不去登机，后面一堆事情都不会发生吧。那为什么不再退行一次呢？虽然那个老喇嘛说只能用一次，要不然就会有大祸临头，可现在他不已经是一团糟糕了吗？再用一次，又能惨到哪里去？

他的心一横，把老喇嘛的叮咛抛在脑后，再一次念出了退行的咒语。

很快，奇异的晕眩感也再度降临。

三

这一次，他睁开眼睛，发现自己坐在一个光影迷离的酒吧里，面前是一个时尚娇美的女孩，委屈地看着他，脸颊上还挂着泪珠。他想起来，那是三四年前他带过的一个实习生。那女孩爱上了他，将他约出来向他表白，说她不介意他结婚了，只要能陪在他身边就好。当时他不是没有心动，但顾及妻子和不到两岁的女儿，还是狠心拒绝了她。后来他常常想，如果他答应了会怎样，谁料多年后，他竟又跨越三年多的光阴，回到了人生中最诱惑的一刻。

女孩梨花带雨地倾诉着，带泪的目光中都是柔情。他想到了她的未来，在被他拒绝后，女孩很快离开了公司，去了另一座城市，后来他辗转听说她结婚又离婚，一个人带着天生残疾的孩子，生活得很不幸福。

一阵愧疚涌上心头，这也许是他的错，他不该将她推开。他又想到妻子，飞机事故，无论他怎么解释妻子也不相信，还在他最艰难的时候离他而去。一股怨愤从他心底升起，自己为什么要为那个薄情女人放弃男性最高的欢愉？女孩扑到了他的怀里，诱人的芬芳将他包裹，他想，这也许是上天赐给他的第二次机会，他没有推开她，却将她揽得更紧。

他们开始偷偷约会。那时候他在公司负责一个大项目，事业正在关键期，经常国内国外出差，顾不得家。家里孩子还小，老人体弱多病，也帮不上忙，绝大部分都是妻子带的，妻子也有很多抱怨，当年他都忍过去了，甚至还有些歉然。可现在他越发觉得，妻子这个人真是短视无知，只会扯他后腿，看不到几年后就将苦尽甘来。上次退行时的怨气还没散去，他天天和妻子吵架。情人却在他身边陪着他，为他打气，这更让他感觉到情人的好。

半年后，项目比第一次更圆满地完成了，他被擢升为区域经理，情人也被提拔为部门主管，他们的关系也更加亲密，直到情人婉转地暗示结婚。

他吓了一跳，虽然和妻子的矛盾越来越多，但他并不想失去家庭，让女儿没有父亲。他结结巴巴跟情人解释，情人闹了半天别扭，虽然噘着嘴答应了，但要求更多的陪伴和关爱。他尽量去满足，还破格提拔了她，给了她很多宝贵的资源。但局面开始失控，她在深夜里给他发微信，好几次差点儿被妻子看到，他好不容易支吾过去。可不久后，那女孩又发了朋友圈，有和他在一起的暧昧合影。他吓了一跳，好说歹说才让她把照片删掉。

没几天到了七夕，情人要和他一起过，可他安排不过来，只有拒绝了。他和妻子在街上推着孩子散步的时候，他的情人忽然出现，朝他们走来，巧遇一般和他打招呼。他强自镇定地为她和妻子相互介绍。情人夸赞妻子美貌，女儿可爱，没多说什么便转身离去。妻子没有多问。他当然也没有多话，心里庆幸地想，总算又过了一关。

第二天，当他回到家里，妻子已经带着女儿回了娘家，留下一张纸条，让他和情人双宿双飞，说会找律师办理离婚事宜。原来妻子已经查得清清楚楚。他如遭雷殛，再打妻子的手机，却早已关机了。

霉运接踵而来，他和下属的关系已经有蛛丝马迹被人发现，他还浑然不知。他在公司的死对头找人偷拍了他们在酒店里开房的照片，发到了许多领导的邮箱里，整件事很快人尽皆知，还是最不堪的版本：

权色交易，公器私用，影响十分恶劣；领导找他谈话，因为违反公司纪律而撸掉了他的职位。焦头烂额中，妻子又寄来了离婚协议书，要女儿的抚养权。他不同意，好说歹说见了女儿一面，女儿却不认他了，一见他就哇哇大哭。家中老父为这事都气得高血压复发，住了院。

眼看妻子那边日益无望，他也动了和情人结婚的念头，可他不知道自己失势以后，已经不能给那女孩她想要的东西。有一天，她发微信说，自己不该破坏他的家庭，决定彻底退出，然后拉黑了他。连番打击下，他的工作几次出错，新任的部门经理训了他一顿，让他卷铺盖走人。他早听说是此人告密才害他倒霉，自己趁机上位，此时怒上心头，挥拳便打，一开始，那家伙在地上还哭爹叫娘，后来声音渐渐没有了，人也不再动弹，只有口鼻里汩汩冒血，他如梦初醒，松开了手。

警察到来时，他还在抽一根烟，警察厉声叫着，让他举手投降，他没有理会，把烟头扔在地上，念出熟悉的咒语，然后闭上眼睛，逃向另一个时空。

四

这一次，他在装修一新的婚房里醒来，身边是小鸟依人、更年轻温柔的妻子。他知道自己退回到了再往前三年的时候，那是一个美好的时期。这一年，他和妻子新婚燕尔，正如胶似漆。他入职了后来的公司，虽然薪资还比较微薄，但是他踏实肯干，机会很多。何况，他已经知道了未来会发生的很多事件，完全可以利用这些信息十拿九稳获得成功。生命的美好丰盈可以再度展开。

但他发现，自己的生活中还有一个小小的问题。其实对别人都不是问题，只有对他是。

那时候，女儿还没有出生，甚至没有怀上。

他惘然若失，朝思暮想。当年他曾更想要一个儿子，女儿出生后还暗中失望过，可这些年来，女儿已经是他人生中很重要一部分。他深爱这小家伙稚嫩的嗓音和甜甜的笑容，爱她憨态可掬的动作对话和各种调皮捣蛋的小聪明。为了她的未来，他觉得一切辛苦付出都是值得的。但现在女儿却凭空消失了。她还会再度出生吗？

他还记得女儿受孕的那几天，是在不久后的蜜月旅行中，很可能就是在其中某个激情澎湃的夜里。此前他出差了半个月，此后又忙于工作，好些日子加班夜归，女儿肯定是那几天怀上的。他必须让女儿再次如期降临。

等待了几个月之后，他和妻子开始了一再耽搁的蜜月之旅。他们登上一条邮轮，远离都市的喧嚣，航向碧海蓝天。在朝向大海的豪华客房里，妻子穿上性感的内衣，柔情万种地抱住他，在他耳边呢喃风情的话语。但他开始紧张，他知道眼前不是一次普通的欢爱，而关系到他们的整个未来，他不能搞砸了。此时，他眼前不是妻子的妩媚娇娆，而是女儿天真活泼的笑靥。这感觉太古怪了，关键时刻他败下阵来。

妻子觉得他只是太累了，并没有在意。但他心情沉重，通宵未眠。第二天，他总算成功了。事后，妻子很快就陷入了熟睡，但他仍迟迟未眠。他想到一个问题，他有亿万个精子，这一次达到终点的几乎不可能是之前的那一颗，当然，在同一个排卵期，卵子还是一样的，那么他的女儿再次出生时，是同一个人还是另一个人呢？

这个近乎形而上学的问题，他没法知道答案，连猜测都没有机会。

妻子的月事在半个月后如期而至——她竟没有怀孕。从未存在过的女儿永远不会再出现了。

除了他，没人知道这个女儿的存在，他不能对任何人讲明，只得一个人到酒吧里喝得大醉，号啕大哭着，喊着女儿的名字，别人还以为是失恋。有人让他闭嘴，他借醉意骂了几句，便被好几个文身大汉拎起来，打得鼻青脸肿，扔到了后巷的垃圾箱里。

他像摊烂泥一样躺在臭气熏天的垃圾堆上，望着黑暗无星的夜空，露出轻蔑一笑，喃喃念出了那句咒语。

五

他在图书馆里，在一排书架后面，偷偷凝视着一个正在桌上认真读书的年轻姑娘。那是他后来的妻子，这一天是本来历史上他们相遇的日子，后来的婚姻中，他们每年都要庆祝这个甜蜜的日期，所以他记得很牢。如今他又回来了。

这次他退回到两年以前，正好是在他和妻子相遇前几天。所以他又来到这里，发现妻子已经变成了初遇时的年轻女郎，旧日的情火重新在他心中燃起，他想，也许自己还有机会挽救一切，和妻子再一次相爱，也让女儿再度出生。他向妻子走去，心中酝酿着那些本来要说的台词。那本是几句极陈腐的搭讪话，但妻子说，正因为他的笨拙才打动了她。

这本小说很好看，他走到年轻妻子的身边说。马尾辫的女生抬起美丽的眼睛望着他。他笑着坐到她身边，继续念出当年的对白，我很喜欢他的作品，你也是吧？我们交个朋友好吗？多年老夫老妻下来，他从未怀疑妻子注定会投入他的怀抱，但他不明白，因为已经共处了很多年，自己的语气、动作和眼神都发生了微妙的变化，在对方看来像是一个神经兮兮的自来熟，妻子眼神中出现了警惕，敷衍地回应了几句，很快就起身走开了。

等一下，他有点儿不知所措地叫道，这和他的记忆完全不符。他甚至叫出了妻子的名字，别走，是我啊。

这个错误毁了一切，妻子更加恐惧地跑开了，他追上去，不但没追到，而且差点儿被保安当成流氓抓起来。

他没办法，只能又找了妻子几次，她的电话、地址、邮箱他都非常清楚，但结果是越弄越糟，妻子已经把他当成了不折不扣的跟踪狂。最荒诞的是，因为他的威胁，她竟然接受了当时追求她的另一个男生，让他保护自己。

事情每况愈下，他发现自己已经毫无办法。不久后，他听说那人跟妻子求婚，妻子答应了。绝望中，他给妻子写了一封几万字长信，告诉了她在另一条时间线上他们的相识相恋以及将会有一个幸福的女儿，告诉她自己是在不断的退行中，重返相遇时，他哀求她相信自己，拯救他们的未来。

信发出去了，又过了很多天，迟迟没有回复。他想，也许妻子压根没有看，也许她看了但一个字也不信，也许她此刻正在和男友调情，一起嘲讽自己。那么还是重新来过吧，他下定了决心，念起了咒语。

晕眩袭来时，他似乎听到手机响，但已经来不及接听了。他永远也不会知道，那是妻子读完了他的信，刚刚克服了恐惧和羞怯，下决心给他打来了电话。

六

他再次走进阅览室，在书架后注视着妻子。只是这一次他戴着帽子和墨镜，门口还守着两个不显山露水的保镖。

又是多少岁月过去了？他在心里算着，如今我竟再一次回来了。只是一切……都完全不同了。

这一次他的确出了大岔子。他渐渐知道，每次念完退因缘行咒，不论当时所处的时间是什么，所退到的时间都要早于上一次退到的时间点。也就是说，每次退行都要在上一次退行的基础上，继续往过去逆流而上。他的生命将不断退回到更小的年纪。

他预期这次会再后退一两年，那样他还有时间去重新建立和调整与妻子的关系。但他错了，这一次的退行带他越过了漫长得多的岁月，让他在大学宿舍里醒来，距离上一次的时间点足有六年之遥。他二十岁以后的人生全都化为乌有。

许多天里，他如同迷路的孩童，在当年的校园小径上茫然踯躅，想着许多年之前或者之后的另一种生活，如今一切已遥不可及。不过从另一个角度看，甩掉了未来的工作和婚姻问题后，生活再次充满了无数的可能性，他可以自由地选择自己的前程——比第一次人生中的二十岁要自由地多。他也厌倦了不断倒退后重新开始，他不能一直退行下去，而必须再度启程向前。他对自己说，这是自己最后一次使用这个咒语了，无论将来遇到什么，都永不会再念起那可恶的咒语！

他重新规划了自己的人生，利用对未来的知识和经验，很快就一鸣惊人。首先是利用体育博彩赚到了第一桶金，然后退学，创办了自己的公司，进行各种风投。他投资的项目不多，但运气却好得惊人，电商、影视、房地产、社交媒体、数字货币……在各个领域的投资都取得了丰厚的回报，他的资产如翻跟斗一般增值，又收购了好几家未来将名扬世界的公司。

三年后，他的名字在中国富豪榜上出现，又过了两年便升到榜首。随着时间推移，他成为商业名流，他的名字在亿万人中家喻户晓。当年曾作为小职员入职的公司被他收购，那些他曾仰视的公司老总和各界要人，如今在他面前，不过是卑微的蝼蚁。

随着之前不敢想象的飞黄腾达，他自然也享受到了有钱男人最令人垂涎的生活。他正式约会过的对象包括以前做梦都不敢想象的一线女星、美女作家和富豪千金，有过一面之缘的各界佳丽更不计其数。不过，他一直还记得自己前一次人生中的妻子。他想，自己总归还是要和她相见。毕竟在他好几次的人生中，他从来没有爱别人那么深过。

所以，到了他和妻子相逢的那一天。他推掉了一堆会议，让司机把车开到市图书馆，然后再次悄悄走进阅览室，在书架的缝隙间又看到了那个熟悉的侧影，那女孩曾经或者将要和他的命运相连，为他生儿育女，和他爱恨交织。但现在她还一无所知。

他以为自己可以像之前那样怦然动心，燃起激情，可现在，看着久别的女子，他却惊讶地发现自己的内心已经全无波澜。这个女孩那么相貌平凡，打扮土气，读着一本肤浅可笑的心灵鸡汤书，和自己完全属于两个世界。他甚至奇怪自己竟然会爱上她，和她共度多年的人生。

他又想到了失去的女儿，心中翻起一阵酸楚，但也不复当年的煎熬。多少时光已经过去，如今伤口已经被抚平，那个曾最亲爱的孩子也只剩下一个模糊的形象，不真实得仿佛清晨回想深夜的幻梦。

他发出无声的叹息，悄然离去。让这段缘分在开始前就结束了。他想，如今他大概真的可以放下了。

他怀着几分歉意，在暗中帮助本来的妻子找了一个收入理想的工作，还帮她本应很快去世的母亲治好了病。当然，她对这位贵人一无所知。在应该和妻子结婚那年，他与一位政界要人的独生爱女在巴黎举行了盛大的婚礼。

婚后，他的事业继续蓬勃发展，几乎可以影响小半个国家的经济命脉。然而，因为联姻的关系，他发现自己开始身不由己，陷入了一些势力争斗的旋涡。岳父很多生意都远远超出了法律允许的范围，是许多集团的幕后主宰。他明面上的财富比起岳父真正拥有的又差得太远。不过，即便岳父也有更强大的敌人，岳父想要利用他的商业帝国来对付那些人。他想过置身事外，但关系已经撇不清了。

几年后，形势急转直下，他的岳父忽然倒台，从此以后，他的商业经营也处处受阻，有人给他通报消息，说他很快会被逮捕，他利用自己的关系网及时逃到了海外。财富损失了八九成，但他在国外仍然有许多资产，足以像国王一样过完下半生。他的事情上了全世界各大媒体的头版头条。他深居简出，隐居了一段日子。他本想不问世事，但仍然有人担心他知道得太多。

一次，当他在海景别墅前的沙滩上晒太阳时，看到一架式样精巧的无人机飞到自己的面前。他以为是隔壁哪家孩子的新玩具，还好奇地盯着看了片刻，直到看到机身下的枪管喷出灼目的火光。

他被扫射，身中数弹，倒在血泊中，一时却还没有死去，趁还有最后一口气，念出了那句他一直没有忘记的咒语。

七

有东西砸在他额头上，他猛地跳起来，叫着“子弹！子弹！”但眼前却是高中的课堂，是老师用粉笔头扔他，周围的同学一片哄笑。他又从大学时代退行了两年，回到了十八岁，其时还是一个青涩的高中生，和父母在小城里生活。多年来，他已经习惯了万人之上的富贵荣华，骤然又回到平凡人生，很不适应。他对自己说，必须尽快重新拥有自己失去的一切。

他根本无心再读完高中。高考，上大学，找工作，这些对经历沧海桑田的他已毫无意义。他尝试说服父母让自己退学，自由发展。但父母怎么也不同意，最后大吵起来，父亲愤怒地给了他几个耳光。他也不想再多解释，干脆偷了家里的两万元存款，跑到了外地，利用这些钱和对未来的了解，他有把握通过股票在一年内就赚到一百万，两三年后便可重返亿万富豪的行列。他想，这次一定不要太贪心，低调一点，见好就收，别和那些危险的人事搅在一起，就不会出问题了。

过了几天，他给母亲打了个电话，说自己出去闯天下，很快会发大财回来，母亲还在婆婆妈妈，问他到底在哪里，他怕被他们再干扰，干脆断绝了和家里的联系，投入东山再起的事业中。他在商业投资上已经轻车熟路，一年后，他赚到的钱比预想中还要多一倍。他揣着好几张金卡和一箱的现金衣锦还乡，心想这次一定能让父母无话可说，心悦诚服。但家里却大门紧锁，空无一人。他走到窗前往里看，看到房间里落满了灰尘，柜子上有一张黑白遗像，放在骨灰盒之前。

那是他父亲的照片。

他惊骇莫名，在本来的时间线中，父亲十多年后还活得好好的，怎么会突然死去？他跑到邻居家探问，好不容易问出事情的一部分原委。他失踪以后，家里人怕他是被坏人诱骗去吸毒或赌博，忙去报警，但这种青少年离家出走的案子，警察根本没当回事，也懒得认真查。他父母只有自己贴寻人启事，到处打听他的下落，结果就有许多真真假假的线索，把父母引到全国各城市去寻找。

半年前，他们听人说北方一些小煤矿有被骗去挖矿的黑奴工，其中有个少年很像是他，于是千里迢迢跑去，自然没找到儿子，但黑煤矿的确存在，父亲似乎查到一些线索，去向当地的警方报案。但那种地方蛇鼠一窝，报案被压下，父亲不久后反被收押，几天后莫名其妙地死在看守所里。母亲受不了双重的打击，变得疯疯癫癫，几个月前也被送到了精神病院，每天还叨叨说要找儿子。

邻居叮嘱他，赶紧快把母亲接回来。他却摇了摇头，转身离去。事已至此，就算接母亲出来，给她看好病，父亲也不可能复生了。他这一辈子赚再多的钱，也弥补不了这份无可估量的损失。

他登上了附近一座大厦的楼顶，坐在天台边上吹着风，一边把上千张百元大钞从那里撒下去。钞票如雪花般飘落，人群从四面八方聚拢过来哄抢，很快一部部警车也尖啸而至。他轻快地笑起来。命运真喜欢折磨我，可是我总有法子逃出生天，没有任何绝境能困住我，没有。他冷笑着，慢慢念着咒文，念出最后一个字的时候，他在底下人们的惊呼声中跃向天空。

八

这次，他本来期望再倒退两三年，停留在中学时代，那样还不至于太难熬，他会安于平凡朴素的生活，也许还能和当年的班花谈个恋爱。等到高中毕业以后，再慢慢展开他的计划，他还有很多很多的时间。这次他绝不会再犯任何错误，绝对不会。

但睁开眼睛，他才发现前所未有的奇异景象：周围的一切突兀地变得异常巨大，路上的行人都成了巨人，开过的小汽车甚至比大卡车还要大，马路宽广得有如广场。

他愣了一下才明白，不是别的东西变大，而是他的身体缩小了。他战栗起来，踟蹰不前。年轻的父亲如巨灵神般把他抱了起来，笑着说，怎么了？别怕，学校里有很多小朋友陪你玩呢。

他颤抖起来，这一次，时间无情地后退了十一年之久，他成了一个七岁的儿童，被父亲带着，走进小学的大门。

他必须从头经历一遍整个小学和中学的生活。他记忆中的小学生涯本来是充满乐趣的，但那只是在记忆中。对一个经历过无数精彩人生的成人来说，重新从白痴般的课程学起，和咿呀学语的学童打打闹闹，过着像无聊游戏的生活，宛如服刑般令人窒息。

在越来越无趣的第二次童年里，他一遍遍思考着自己不断重启却不断失败的人生、他终于明白，所有问题的起源，就在于自己得到了随时退出眼前人生、重来一遍的力量，这是一个他无法摆脱的魔咒。所谓人生，本来就意味着必须承受命运的不幸，接受既成的一切，再设法重振旗鼓。而他拥有了不必硬拼的选择，那么便会不断地从原来的战场后退，转身逃往更遥远的过去。

如果不肯接受命运带来的不幸，最终连幸福的希望也要一并失去。

但他明白，重返过去，再来一遍的诱惑实在是太大，一次可以克制，两次可以抵御，但在一生的漫长岁月中，面对随时可能降临的痛苦折磨，谁也不能保证下次不会再转身逃走。他内心知道，自己无论多么抗拒，总有一天还是会再念出退因缘行咒的。

怎么办呢？他忽然有一个疯狂的主意：不如直接念动咒语，回到更幼小的时期，比如一两岁的时候，那时候的他没有语言，没有思维能力，也不会记得那么多事。忘却一切后，他就能重新开始全新的人生，不再受到魔咒的诅咒。

于是他下定决心，在深夜的卧室里启唇，喃喃念起咒语。一阵晕眩，他回到了六岁时的动物园，但他还是记得太多的事，于是再次退行，回到了四岁的幼儿园，似乎还不够，他再一次念起咒语……

然后，他什么也不知道了。

九

他一定是回到了襁褓之中，也许是母亲的子宫里。但这一次，他什么都不记得了。

他的人生再一次从头展开，但失去记忆也就意味着没有改变的机会。随后的一切就像第一次人生一样，一模一样。

他按部就班地长大，读完小学、中学、大学，到公司入职，在图书馆里碰到心爱的姑娘，结婚，蜜月旅行，生下可爱的女儿。他的事业开始发达，他拒绝了追求他的女实习生，完成了一个大项目，升为高管，买下了大房子，还开开心心地带着妻女一起去旅行。

然后，在三十多年的漫长岁月后，悲剧再次发生，飞机从天上坠下，妻子和女儿都死于空难。他再一次拖着伤腿，绝望地爬进了一间山上的破庙，向一个白胡子的老喇嘛求助。

老喇嘛却像早已明了了一切，看着他，悲悯地摇摇头。在另一个因缘中，你曾经来过这里，我也告诉过你只能使用一次那个咒语，不能贪求别的，可是你没有听我的话，如今一切都无法挽回了。

他一头雾水，不明所以。老喇嘛叹息着走开了。但他渐渐感到，眼前的一切似曾相识，熟悉得令他颤抖。他说的咒语是什么？到底是什么东西？为什么他明明什么都不明白，却又似乎感到了某种比他的一生还要久远的既视感？

终于，遗忘之墙崩裂，一串晦涩拗口的音节在他脑海中响起。他想起来，那就是彻底改变了他的退因缘行咒。

随着这个咒语，无数神奇怪诞的记忆怒吼着冲入他的脑海，他在片刻间回忆起了一切，一次次人生的前因后果，悲欢离合。这些一直藏在他的心底，从未真正被忘却。

他在极度震惊中大口喘着气，心中混乱得如天翻地覆。老喇嘛又回来了，见他呆若木鸡的样子，说，“都想起来了吗？”

“都想起来了，”他呻吟着说。

“那就好，现在你还有一次机会。接受现实，埋葬过去，你的人生还可以继续往前走，记住，这是最后一次机会了。”

他点了点头，颓然坐倒在地。但妻子和女儿的面容还在眼前浮现，让他无比心碎。他想，自己前前后后经历了无数人生，差不多有一百年了，难道这一切都是白费吗？他无论如何还是没有办法接受发生的一切，接受眼睁睁死在自己面前的亲人，几小时前她们还快乐地依偎在自己身边，幸福还触手可及。在自己努力了差不多一个世纪之后，难道让一切最终返回到原点吗？他绝不能接受。

不，他一定要再试一次，他想，如果退回到几小时以前，或其他任何时候，他一定不会再逃避。他唯一的诉求就是逃过这场眼前的惊天大难，让妻子和女儿复生，然后就老老实实地接受其他不完美的命运，安心地度过余下的平凡人生。

抱着这样的决心，他趁老喇嘛察觉之前，再次念出了咒语。

但距离上一次退行已经过去了太久太久，他还是忘记了一件事，一件绝对不应该忘记的事。

每一次退行的起点，是上一次退行到达的终点，而不是现在。

每一次退行，都要退到更久远的过去。

上一次，他退回到婴儿时期。

十

这次和之前任何一次的感觉都不同。

他在浑身异常的剧痛中睁开眼睛，发现自己须发皆白，躺在一间雪白的病房里，浑身插满了管子。面前还紧张兮兮地围着好几个衣着老式的中年男女，脸上都是一副生离死别的难过样子。不知怎么，他知道那是他的儿女们。

难道他反过来跳到了很多年以后？这中间发生了什么？他在疼痛中搜索着脑海中陌生的记忆。那是波澜壮阔又饱经苦难沧桑的一生，饥荒、革命、战争、动乱、平反……如今他是一个癌症患者，距离死亡没有多远了。

但那不是他，这个奄奄一息的老人怎么会是他呢？他努力转动眼球，看到了墙上有一本挂历，那上面的年份他倒也很熟悉，那是他出生前一年，那年他父母刚刚结婚。太荒谬了，那一年，他明明还不存——

忽然间，他明白了一切，被从未有过的恐惧攫住。

这个老人不是他，却也是他。

这是他上一世的人生。上一世。

他瞪大了眼睛，喉头发出咯咯声，无法克制地战栗起来，他这才明白了退因缘行咒真正的力量：退行一旦开始，就永远不会真正停止。只要你念起咒语，就会不断地在之前的时间点上继续往过去前进，甚至超越生命本身的界限，在宇宙轮回的业力中退往无限遥远的过去。

而现在，他就忍不住要再度念出咒语了，因为这具癌细胞已经转移了的身体，实在被肉体痛苦折磨得太惨。为摆脱这剧痛，他不惜一切代价。

他闭上眼睛，泪珠从颤抖的眼皮底下沿着苍老的皱纹滚落。这一次，真的要和之前的世界，和自己爱过的一切永别了，他的旅行才刚刚开始。在这次旅行中，他会经历无穷无尽的战争、饥荒、瘟疫、灾劫，经历历史上记载和没有记载过的许许多多苦难。

在无穷无尽的时间逆流中，他将一遍又一遍地失去拥有的一切，甚至失去自我。也许只有到达时间的源头，他才能找到解除咒语的方式。到时候，他也许根本连人都不是，而是变成了某种无法理解、不可思议的存在。

但他不能不去发动咒语，这是他唯一的选择，唯一的救赎。

他再次微微张开嘴唇，以旁人听不到的声音默念咒语，在奇特的晕眩感中，他让自己放弃抵抗，沉入时间的深渊。